José de Alencar

O guarani

Adaptação de
Renata Pallottini

Ilustrações de
Cecília Iwashita

Gerência editorial
Sâmia Rios

Edição
Ângelo Alexandref Stefanovits

Assistência editorial
Dulce S. Seabra

Revisão
Daniela Bessa Puccini,
Andréa Vidal e
Thiago Barbalho

Programação visual de capa e miolo
Didier Dias de Moraes

Diagramação
Marcos Dorado dos Santos

editora scipione

Avenida das Nações Unidas, 7221
Pinheiros – São Paulo – SP
CEP 05425-902

Atendimento ao cliente:
(0xx11) 4003-3061

www.aticascipione.com.br
atendimento@aticascipione.com.br

2023
ISBN 978-85-262-4727-7 – AL
Cód. do livro CL: 734018
CAE: 223053
2.ª EDIÇÃO
23.ª impressão

Impressão e acabamento
Forma Certa

Ao comprar um livro, você remunera e reconhece o trabalho do autor e de muitos outros profissionais envolvidos na produção e comercialização das obras: editores, revisores, diagramadores, ilustradores, gráficos, divulgadores, distribuidores, livreiros, entre outros.

Ajude-nos a combater a cópia ilegal! Ela gera desemprego, prejudica a difusão da cultura e encarece os livros que você compra.

Conforme a nova ortografia da língua portuguesa.

Dados Internacionais de Catalogação na Publicação (CIP)
(Câmara Brasileira do Livro, SP, Brasil)

Alencar, José de, 1829-1877

O guarani / José de Alencar; adaptação de Renata Pallottini; ilustrações de Cecília Iwashita. – São Paulo: Scipione, 1999. (Série Reencontro literatura)

1. Romance brasileiro I. Pallottini, Renata. II. Iwashita, Cecília. III. Título. IV. Série.

99-0314   CDD-869.93

Índices para catálogo sistemático:
1. Romances: Literatura brasileira   028.5

Este livro foi composto em ITC Stone Serif e Frutiger
e impresso em papel Offset 75g/m².

SUMÁRIO

Nota da adaptadora 4
Quem foi José de Alencar? 5
O aventureiro. 6
A comitiva 10
Peri 12
O banho no rio 16
A imprudência 18
Álvaro. 21
Cecília 25
Revelação 28
A conspiração. 32
Vilania 35
Explicação 38
Planos de defesa. 40
O amor de Isabel 46
Em busca de socorro 48
Traição 50
O acerto de contas 55
D. Antônio. 59
A defesa 61
Combate. 64
O resgate 66
O sacrifício. 69
O amor. 71
Justiça. 74
Isabel e Álvaro 76
O futuro 79
A salvação 83
Quem é Renata Pallottini? 88

NOTA DA ADAPTADORA

O guarani foi, talvez, a primeira obra escrita para adultos que eu pude ler. Do prazer que essa leitura me deu ainda guardo lembranças, mas sou obrigada a reconhecer que tive algumas dificuldades. As descrições eram longas, o tratamento do tempo era complicado: marcas do romantismo que José de Alencar, um dos seus expoentes, tinha de respeitar e que correspondiam ao estilo da época.

Facilitar essa leitura e esse prazer foi o meu maior objetivo; sempre se espera que, ao ler uma adaptação, seja de ficção para teatro, para cinema, para televisão, seja simplesmente uma "re-escrita", o leitor vá, um dia, procurar o original, para assegurar-se de como era o modo de escrever do autor primitivo, que é bom conhecer, a seu tempo. Espero ter facilitado a leitura de *O guarani* para os jovens, sem ter sacrificado a qualidade do primeiro texto.

Renata Pallottini

QUEM FOI JOSÉ DE ALENCAR?

José Martiniano de Alencar nasceu no dia 1.º de maio de 1829, em Mecejana, Ceará. Filho de político influente, passou a morar, com seus pais, no Rio de Janeiro, em 1838. Fez o curso de Direito, que iniciou e concluiu na Faculdade do Largo de São Francisco, em São Paulo, com passagens pela Faculdade de Olinda, Pernambuco. Começou no jornalismo em 1854 e, dois anos depois, estreava na ficção com o romance *Cinco minutos.*

Em 1857 lança em livro sua obra mais importante, *O guarani,* anteriormente publicado em folhetim, como era de praxe para romances românticos, naquela época. Também por essa época começou a escrever e ter representadas peças de teatro, das quais a mais conhecida é *O demônio familiar,* obra curiosa que trata alguns dos problemas relacionados com a escravidão negra, assunto também de *Mãe,* outra peça de êxito. Estava agora maduro para a literatura e para a política, tendo sido eleito deputado em 1861.

Os anos seguintes foram de sucesso crescente como escritor. Abandonou a política, que o tinha decepcionado, e se dedicou cada vez mais aos trabalhos literários. *Iracema,* um clássico da prosa indianista, foi publicado em 1865 e seus últimos romances, *Senhora* e *O sertanejo,* dez anos depois.

Morreu no Rio de Janeiro em 1877, já considerado um dos maiores escritores brasileiros de todos os tempos.

O aventureiro

Corria o ano de 1603, começo do século XVII; o Brasil era ainda uma colônia de Portugal, e para cá os portugueses mandavam seus representantes, a fim de governar a nova terra descoberta, e também soldados, capitães e chefes, para defendê-la.

As riquezas do novo mundo atraíam todo o tipo de aventureiros da Europa, que vinham em busca de ouro e fortuna. Também chegavam ao Brasil, depois de longas e arriscadas viagens de navio, padres de várias ordens religiosas, para expandir a religião e converter os índios.

Por essa época, havia chegado ao Convento dos Carmelitas, no Rio de Janeiro, um certo Frei Ângelo di Luca, como missionário. Logo depois, por seus méritos de religioso, tinha sido enviado à região montanhosa vizinha ao Rio, com o objetivo de ali exercer sua missão.

E é nesse lugar, numa noite de tempestade do ano de 1603, que vamos encontrar Frei Ângelo, num pouso rústico da serra, feito para abrigar os viajantes de passagem. Nesse lugar estavam três homens: o frade, encostado a uma coluna de madeira, Fernão Aines, aventureiro português, que contemplava os avanços da tempestade, e Mestre Nunes, deitado numa rede estendida entre os caibros que sustentavam o alpendre.

– Vais partir esta noite, Fernão Aines? – perguntou Mestre Nunes.

– Vou.

– Não tens medo da tempestade?

– Eu zombo da tempestade!

– No entanto, os maus devem temer o fogo do inferno – disse Frei Ângelo, solenemente. – A estes, nenhum abrigo salva!

– Mau? Quem diz que sou mau? Tenho vivido conforme as ordens de Deus e de sua Santa Igreja! – disse Fernão Aines, rindo-se de maneira sarcástica.

– Sabe-o Deus, então – comentou o frade, dubitativo.

A tempestade se incrementava. Os ventos poderosos que às vezes sopram nos trópicos eram assustadores. A natureza se mostrava em toda a sua força ameaçadora.

No instante em que os homens ainda se riam das palavras trocadas, um raio caiu perto do abrigo e fendeu um imenso cedro que havia defronte do pouso. Uma parte, queimada, caiu sobre o alpendre e veio atingir exatamente a Fernão Aines, atirando-o para o fundo. Os outros dois correram para ajudá-lo. Era inútil, no entanto; a parte derrubada da árvore atingira em cheio o peito do homem. Nada mais se poderia fazer.

Fernão Aines, ferido de morte, teve tempo apenas para pedir ao religioso que o ouvisse em confissão, enquanto Mestre Nunes se afastava. Arquejante, quase sem voz, murmurou:

– Fui castigado pelo céu. Há tempos, no Rio de Janeiro, roubei de um parente meu um mapa das minas de prata de Robério Dias, que ficam na Bahia e são as maiores desta terra. Matei esse parente e fugi com o mapa...

O homem estava morrendo. O frade debruçou-se sobre ele, ansioso por saber tudo:

– Que mais me queres dizer, Fernão?

– Que me faças a caridade de entregar o mapa à viúva de seu dono, Robério Dias.

A cobiça iluminava os olhos de Frei Ângelo:

– Onde está o mapa?

– Nessa... nessa... cruz!

Frei Ângelo saltou sobre a cruz de madeira que estava na cabeceira do moribundo e, sem nenhum escrúpulo pelo caráter sagrado do objeto, quebrou-o contra o joelho. Fernão Aines ainda clamava por ajuda:

– Ouve-me, frei...

Mas o frade não o ouvia, preocupado apenas com o achado. Leu os dizeres do mapa sem se importar com a agonia de Fernão. Quando se deu conta, o homem tinha morrido.

Levantando-se agilmente, Frei Ângelo dirigiu-se a Nunes, que se aproximava, depois de ter respeitado a confissão:

– Está morto, pobre homem!

– Deus tenha a sua alma!

– Preciso cumprir o seu último desejo. Mestre Nunes, eu te peço: quando voltares ao Rio, leva ao prior do meu Convento a notícia de que precisei internar-me nesses matos para cumprir uma missão sagrada.

– Assim será, Frei Ângelo!

Frei Ângelo di Luca despiu o cadáver, envolvendo-o com a mortalha; depois, os dois homens o enterraram. Em seguida, metendo todos os bens do morto em um saco de viagem, o frade afastou-se de Mestre Nunes e da pousada. Pediu auxílio a um índio das redondezas, seu conhecido, a quem vinha catequizando. Com a ajuda do índio, enterrou o mapa da mina e suas roupas de frade. Enquanto amanhecia, vestiu as roupas do morto e tratou de modificar sua aparência, para não ser reconhecido. Em seguida, de modo traiçoeiro, assassinou o índio que o ajudara.

Tinha se transformado em Loredano, um aventureiro.

A comitiva

Algum tempo depois, um grupo de cavaleiros ia pelas matas da região, a serra do Rio de Janeiro, onde hoje é Petrópolis, e onde nasce o rio Paquequer, um dos cursos de água que depois vai formar o grande Paraíba.

O grupo era chefiado por Álvaro de Sá, um moço bem-parecido, de vinte e oito anos, cavalheiro português a serviço de um fidalgo. Esse fidalgo era D. Antônio de Mariz, que, depois dos cinquenta anos, havia recebido uma certa extensão de terra na região, em paga de seus serviços ao rei de Portugal.

Como, naquela mesma época, Portugal passara ao domínio temporário da Espanha, D. Antônio, desgostoso, se havia afastado do serviço de armas e tinha construído, naquelas montanhas, em meio das matas e dos belos rios da região, uma esplêndida casa, muito bem defendida, onde se instalara para viver o restante da sua vida com a esposa, D. Lauriana, os filhos, Diogo e Cecília, a sobrinha, Isabel (que alguns diziam que era também sua filha), e seus servidores.

Entre os homens de armas, e chefe de todos, estava Álvaro, um moço da pequena fidalguia portuguesa, que era o mais próximo e o de mais confiança de D. Antônio. Os outros eram o escudeiro e demais companheiros, que guardavam a casa e defendiam a família do fidalgo.

Estavam voltando do Rio de Janeiro e tinham pressa em chegar à casa; queriam alcançá-la antes do pôr do sol, por razões de segurança. A região era ainda habitada por índios, que podiam, por algum motivo, atacar os viajantes.

Álvaro tinha, porém, outra razão para querer chegar logo: é que, todos os dias, às seis horas da tarde, D. Antônio de Mariz reunia a família e os servidores numa plataforma de pedra que dava para o poente, e ali faziam as orações da tarde. Para Álvaro, aquela era uma ocasião especial, pois teria a oportunidade de ver a filha de D. Antônio, Cecília, uma delicada moça de dezessete anos, de quem Álvaro estava enamorado.

– Vamos, rapazes! – disse ele, alegremente, ao restante da tropa, para encorajá-los.

Um homem que só recentemente tinha entrado para o serviço de D. Antônio riu, ironicamente, ao ouvir as palavras de Álvaro.

Esse homem era Loredano, o mesmo que conhecemos como Frei Ângelo.

Loredano, muito hábil, tinha se dado conta de que, sem contar com a ajuda de homens de confiança e sem dinheiro, jamais poderia chegar aos sertões da Bahia, para procurar e explorar as minas de prata de Robério Dias.

Por isso, andando pelas matas e encontrando a imponente casa de D. Antônio de Mariz, resolvera pedir serviço ali, como homem de armas, a fim de ganhar tempo, obter a confiança de alguns companheiros e, roubando, talvez, conseguir dinheiro para a aventura.

Ocorria no entanto que, ao ver pela primeira vez a filha de D. Antônio, a meiga Cecília, Loredano se apaixonara pela moça, passando a desejá-la mais que a qualquer outra coisa no mundo; por consequência, Álvaro passara a ser considerado inimigo por ele. Loredano havia descoberto o amor que Álvaro também dedicava à menina.

Por essa razão estava ele incorporado ao grupo chefiado por Álvaro; e também por isso sorria com desdém, ao ver o moço desejoso de chegar à casa.

Ele também queria chegar. Mas jamais o confessaria a ninguém. Confessá-lo significava confessar todo o seu sinistro plano. E isso Loredano não poderia fazer jamais, sob risco de perder a própria vida.

Peri

Nesse momento, o grupo chegou à margem de uma clareira e ali se deparou com uma cena inesperada.

No centro, debaixo das árvores, estava um índio, jovem, alto, de corpo esbelto mas forte; tinha os cabelos curtos, a pele cor de cobre e seus músculos se desenhavam sob uma túnica de algodão, branca, apertada na cintura por uma faixa de penas vermelhas. A essa túnica, os índios chamavam *aimará*. Também tinha na cabeça uma cinta de couro, adornada por duas plumas de cores. Na mão esquerda segurava o arco e as flechas e na mão direita, uma longa lança de madeira.

Perto, por entre as árvores, podia-se ver uma grande onça-pintada, que o índio estava tocaiando. O grupo de cavaleiros, reconhecendo o perigoso animal, se preparou com as armas de fogo, para matá-lo.

O índio, porém, ao ver que erguiam as armas, falou com voz enérgica:

– Não! É meu só!

Ao vê-lo, Álvaro imediatamente o reconheceu.

Era Peri.

Deu então ordens para que a comitiva seguisse, porque sabia que Peri era bravo e forte e saberia defender-se do animal, caçando-o, se esse fosse o seu desejo.

***

Peri era um goitacás, da grande nação guarani.

Um dia, algum tempo antes da cena do encontro com o animal, Peri se aproximara da casa de D. Antônio de Mariz, movido pela curiosidade.

Ele era, na verdade, o herdeiro do posto de cacique de

sua tribo, a goitacás; assim, era como se fosse um príncipe e dessa maneira era tratado pelos seus.

Ao aproximar-se da casa, Peri vira de longe Cecília, a linda filha de D. Antônio, que passeava pelas cercanias. Observando-a, cheio de encantamento, se dera conta de que Cecília, depois do passeio, se deitara sob uma grande pedra e que essa pedra estava a ponto de cair sobre a moça.

Num pulo, Peri subira para a altura onde estava a pedra insegura e ali, com a força de seu braço, conseguira sustentá-la, ao mesmo tempo que gritava:

– Iara!

Essa palavra, em guarani, quer dizer *senhora*.

D. Antônio, advertido pelo grito, correra a salvar sua filha. A pedra, depois que Cecília fora posta em lugar seguro, rolara pelo abismo, indo cair exatamente no lugar em que a moça estivera.

A partir desse dia, Peri havia ganho a gratidão e o carinho de D. Antônio; o índio se apresentara como quem era: o filho de Ararê e primeiro de sua tribo.

No entanto, embora agradecida, Cecília, a princípio, estranhava a figura do moço e lhe tinha medo. Ele procurava agradá-la em tudo, trazendo-lhe lindos presentes, que encontrava nas matas: às vezes eram flores silvestres, das mais belas e perfumadas. Outras vezes, eram favos de mel, frutos doces e delicados, ou pequenos pássaros de cores vivas. Cecília, no entanto, nunca deixava de ter alguma estranheza em relação ao índio.

– Por que me chamas Ceci? – disse ela um dia a Peri, zangada.

– Porque Ceci é o nome que Peri tem dentro da alma.

– E o que quer dizer?

– Peri não sabe explicar.

Ainda zangada, Cecília dirigiu-se a seu pai e perguntou o sentido da palavra:

– "Ceci"? – repetiu o velho fidalgo, pensando um pouco. – Ah, sim. Em guarani quer dizer *doer, magoar*.

Cecília compreendeu então o quanto estava sendo ingrata e injusta com o índio; e, desde então, procurou compreender essa alma diferente, a alma de Peri, seu salvador.

***

Peri não mais se afastava da casa de D. Antônio e de Cecília, a quem ele tinha jurado defender e guardar com seu amor puro. Um dia, porém, veio a ele sua mãe, uma índia já idosa, para dizer-lhe, em lágrimas, que Ararê tinha morrido e que, assim, Peri, seu filho, tinha de tomar o lugar do pai.

– Peri não pode ir, mãe.
– Por quê? Tua mãe parte, tua gente te espera!
– A senhora mandou que Peri fique.

A índia percebeu que ia perder o filho, como tinha perdido o seu companheiro e amor da juventude, Ararê.

– Peri é o primeiro de sua tribo, o chefe de sua gente. Peri deve ajudar e guardar sua mãe...
– Peri fica onde está sua senhora, mãe.

A mulher baixou a cabeça, cheia de desgosto. Depois falou, com solenidade:

– Se um dia voltares, acharás a cabana de Ararê e tua mãe para receber-te.
– Peri não volta, mãe.

A velha índia fitou-o com os olhos muito tristes.

Depois, sem olhar para trás, partiu.

Peri tinha escolhido ficar, para cuidar de Ceci.

O banho no rio

O sol nascia. Cecília e Isabel vinham descendo desde a casagrande, pisando a relva ainda úmida, para gozar do frescor da mata; colhiam as flores silvestres molhadas do orvalho da noite, ouviam os pássaros que celebravam a manhã azul.

De longe, sem ser visto, Peri acompanhava o passeio das duas moças, pronto a defendê-las se algum perigo se apresentasse.

Estavam elas já quase chegando às águas quando Peri, alertado por uma espécie de instinto, resolveu voltar até onde estava a onça que havia caçado para atender a um pedido de Cecília.

O moço temia que a onça se desprendesse dos laços que a atavam e, solta, pusesse em perigo sua senhora e toda a família.

Voltando, pois, ao lugar onde aprisionara o animal, matou-o, desfazendo assim, sem que ninguém o soubesse, um ato de heroísmo e coragem que havia cumprido para dar prazer a Ceci. Regressou, em seguida, a seu posto de vigilância.

***

Tinham as moças chegado até um abrigo coberto de jasmineiros, o lugar escolhido para servir-lhes de casa de banho. Nessa espécie de caramanchão, construído por Peri, as duas podiam esconder-se dos raios ardentes do sol e Cecília podia trocar de roupa, preparando-se para o banho no rio, que tanto prazer lhe dava.

Nesses tempos distanciados os banhos no rio eram um costume privativo dos indígenas e poucas mulheres brancas se permitiriam essa travessura. No entanto, Cecília estava entre as moças que adoravam a natureza e os seus prazeres; trocou de roupa, vestiu uma espécie de camisão de cambraia e atirou-se nas águas mansas. Isabel ficou sentada na margem, acompanhando com os olhos a amiga.

Peri, já de volta de sua tarefa, depois de ter neutralizado o perigo que a onça representava, discretamente tinha se sentado a alguma distância, para não ser imprudente e ofender com seu olhar o pudor de sua senhora. E, nessa posição, algum tempo depois de iniciado o banho, viu moverem-se as ramas dos arbustos da outra margem.

Rapidamente, subiu a uma árvore, passou à outra margem em completo silêncio, e conseguiu colocar-se sobre o lugar onde se via o movimento das ramas. Dessa posição pôde divisar dois índios, cobertos com tangas de penas amarelas, que já preparavam o arco e as flechas para desferi-las contra Cecília.

Antes de raciocinar, Peri deixou-se cair sobre os dois selvagens; uma das flechas perdeu-se na distância, mas a outra cravou-se no seu ombro. Sem pensar em arrancar a seta do corpo, lançou mão das pistolas que Ceci lhe tinha dado e, com dois tiros, despedaçou a cabeça dos agressores. Teve tempo, ainda, de ver fugindo pelo meio do mato uma índia, que devia ser companheira dos que se preparavam para atingir a senhora. Ouviu o grito de Cecília, mas estava preocupado com a índia que fugia e que, com certeza, iria narrar na sua tribo tudo o que sucedera. Lançou-se em sua perseguição, mas o sangue que corria do ferimento lhe roubava as forças. Sentiu-se vacilar e os joelhos dobraram-se.

Quase desmaiando, lembrou-se de sua senhora, dos perigos que corria; fez um esforço supremo e conseguiu erguer-se. Atordoado, deu uma volta sobre si mesmo, quase caindo de novo, e foi abraçar-se a uma enorme árvore. Era uma cabuíba de alta grandeza, de cujo tronco cinzento borbulhava um óleo poderoso e curativo. Colou os lábios no tronco e sorveu esse óleo cor de opala, que entrou no seu corpo como um bálsamo poderoso. Depois, passou o óleo sobre a ferida; o sangue estancou e Peri respirou, aliviado.

Estava salvo.

A imprudência

Enquanto a comitiva se aproximava da casa de D. Antônio e Peri se refazia das consequências do seu ferimento; enquanto Cecília e Isabel regressavam a casa, ainda assustadas com os acontecimentos recentes, que não conseguiam compreender, dentro da morada o fidalgo se reunia com seu filho, Diogo.

Este era um moço nobre e corajoso, porém imprudente como, às vezes, costumam ser os jovens.

Dias antes, numa caçada, atirando num animal que fugia, Diogo, sem querer, tinha ferido de morte uma jovem índia da nação aimoré, que era filha do chefe da tribo.

O pai da jovem índia e os outros membros da nação aimoré, ao tomarem conhecimento dessa morte injusta, resultado da imprudência, haviam se rebelado e, reunidos, decidido dar morte à filha do branco.

Tencionavam, portanto, matar Cecília.

Essa era a razão do ataque há pouco sofrido pela jovem, e de que ninguém, exceto Peri, tinha ainda conhecimento. D. Antônio tampouco sabia dessa decisão terrível dos indígenas, porém, conhecendo as condições difíceis de convivência na mata, advertia severamente seu filho. O descuido de uma caçada poderia redundar em perigo de vida para toda a sua família.

Nesse momento, D. Lauriana, pálida de susto, gritava de seus aposentos:

– Aires Gomes! O escudeiro! Chamem Aires Gomes! Que venha já!

Naturalmente, o pedido aflito da dona da casa foi atendido, e o escudeiro apresentou-se ante D. Lauriana, junto com outros serviçais, assustados com os gritos.

– Que me quereis, senhora? – perguntou o escudeiro.

– A onça!

Aires Gomes deu um pulo e lançou mão da espada, certo de que uma onça estava perto, pronta a dar o bote. Não a viu, no entanto, e voltou a perguntar:

– De que onça falais, senhora?

– Pois não sabeis que aquele bugre endemoninhado trouxe uma onça viva para casa?

– Isso é verdade?

– Como é verdade que vive Deus!

Aires Gomes, imediatamente, deu ordens:

– Atenção, senhores! Corram todos e procurem-na! É preciso que se encontre e se traga aqui essa onça, viva ou morta!

Todos os homens de armas disponíveis saíram imediatamente, armados, à caça da onça que Peri tinha conseguido, sozinho, aprisionar.

Percorreram todo o vale e bateram o arvoredo em vão, até que o escudeiro estacou de repente e gritou:

– Aqui! Aqui, rapazes!

Por entre as ramagens via-se a pele negra e dourada e os olhos do felino. Os aventureiros levaram o mosquete à cara, prontos para atirar, mas, de pronto, baixaram as armas e começaram a rir.

– Que é isso? Têm medo? – e Aires, sozinho, mergulhou sob as ramagens, pronto a liquidar a fera.

Só então compreendeu a razão da brincadeira; a onça embalava-se a um galho, suspensa pelo pescoço e enforcada pelo laço que a prendera.

Enquanto viva, um só homem bastara para aprisioná-la e trazê-la, desde a mata até a casa; depois de morta, assustava a todos, motivara uma expedição armada, pusera em pânico a senhora da casa, vinte homens de armas e mais o escudeiro.

Cortaram a corda e levaram o animal para que D. Lauriana se tranquilizasse. A dona da casa, ainda trêmula, ordenou:

– Deixem o corpo aí mesmo. O senhor D. Antônio há de vê-lo com seus próprios olhos!

Era o corpo de delito com o qual pretendia, de uma vez por todas, acusar Peri e conseguir que fosse expulso da casa.

Álvaro

A comitiva chefiada por D. Álvaro, o moço de armas que gozava da confiança de D. Antônio, e que vinha da cidade do Rio de Janeiro, tinha chegado e Álvaro estava pronto a render contas de sua missão a D. Antônio.

Isabel, a prima de Cecília, que desde há muito amava em silêncio o moço, olhava-o de longe, sem coragem de aproximar-se. Isabel não conhecia os segredos de sua origem e, supondo-se mestiça, tinha pudor e medo de se aproximar do rapaz. Sabia, também, que ele amava sua prima Cecília. Não queria, portanto, ser desleal com ela.

Álvaro, no entanto, aproximou-se de Cecília para cumprimentá-la e dar-lhe um presente que lhe trouxera: um pequeno bracelete de pérolas.

– Trouxe do Rio de Janeiro uma pequena lembrança que queria ofertar-te, Cecília.

– É alguma coisa que eu tenha pedido?

– Bem... não, de fato...

– Nesse caso... sinto, mas não posso aceitá-la...

E Cecília sorriu e se afastou, ela mesma constrangida. É que, não podemos esquecer, havia um código de honra e pudor muito rígido, naqueles anos remotos, e uma moça jovem e solteira como era Ceci não tinha licença de aceitar presentes de um rapaz que não era seu noivo e que, além de tudo, vivia em sua própria casa, numa intimidade delicada e perigosa. Cecília conhecia as regras do viver de sua época e dava um valor extremado ao seu pudor.

Álvaro, apesar de sabedor dessas regras, sentiu a recusa e se afastou, desgostoso.

Isabel, ao longe, assistia à cena e adivinhava o diálogo.

***

Por isso, naquela oração da tarde, Álvaro estava triste e retraído; Diogo, preocupado com as consequências da sua imprudência; Isabel, entristecida pelo seu amor não correspondido.

No olhar de Loredano, que mirava Cecília de longe, repontavam, sobretudo, o desejo e a cobiça. Os planos do aventureiro visavam encontrar as minas de prata de Robério Dias, apoderar-se do tesouro e, rico e poderoso, gozar de tudo o que não tivera enquanto religioso, pobre e afastado do mundo.

No entanto, ao encontrar-se pela primeira vez com Cecília, o aventureiro sentira que alguma coisa mais poderosa o chamava, que, antes de qualquer outro tesouro, queria possuir o amor daquela menina, bela e inocente.

***

A tarde ia morrendo. O sol declinava no horizonte e se deitava sobre as grandes florestas. Era a ave-maria. Todas as pessoas reunidas na esplanada da casa de D. Antônio sentiam a impressão poderosa dessa hora solene.

De repente, os sons de um clarim prolongaram-se pelo ar; era um dos aventureiros que tocava a ave-maria.

Todos se descobriram.

O sol, com seus últimos reflexos, dourava a barba e os cabelos brancos do fidalgo português e a família se ajoelhara ao seu redor.

Enquanto o sol clareava a esplanada, todos diziam uma oração, muda, recolhida.

Por fim o sol escondeu-se. Aires Gomes estendeu o mosquete sobre o precipício e um tiro saudou o ocaso.

Era noite.

***

Em seguida a esse momento solene todos voltaram a seus afazeres. Aires Gomes, o escudeiro de D. Antônio, instruído por D. Lauriana e ainda ofendido com a brincadeira e os risos dos seus comandados, sentindo o ridículo em que caíra, viera queixar-se de que "o bugre", como ele dizia, havia trazido uma onça viva para casa, pondo em risco a segurança de todos.

D. Antônio sabia que corriam perigo bastante para que ainda devesse preocupar-se com um animal selvagem, por isso chamou Peri e lhe perguntou a razão daquela insólita caçada.

Peri não soube explicar-se a contento. O índio não dominava a linguagem dos homens brancos; além do mais, era-lhe impossível explicar a quem quer que fosse a importância que, para ele, tinha qualquer mínimo desejo de Cecília. Ninguém compreenderia que ele pudesse ter arriscado a própria vida, arriscando também a segurança da família, para satisfazer um capricho da menina.

D. Antônio estava gravemente preocupado com os problemas de segurança que tinha de enfrentar; já ouvira, por mais de uma vez, pedidos de sua mulher para que afastasse de casa o índio; agora, era Aires, seu escudeiro, quem vinha queixar-se das travessuras daquele que seus inimigos chamavam "o bugre".

Estava, portanto, decidido a pedir a Peri que se afastasse de vez daquela casa, quando viu no ombro do rapaz marcas de sangue. Estranhou-as e perguntou, com severidade:

– Que aconteceu contigo, Peri?

– Peri sofreu um ferimento sem importância, senhor.

– Explica-me de vez o que se passou.

Peri foi então obrigado a narrar ao chefe da casa os acontecimentos. Contou-lhe tudo em detalhes, sem, no entanto, engrandecer os seus próprios méritos.

Peri tinha, porém, amigos entre os serviçais da casa, gente que conhecia sua bravura e sua dedicação. Uma dessas pessoas correra a contar a Cecília o encontro que estava ocorrendo no gabinete de armas de D. Antônio de Mariz.

Avisada do perigo que corria o seu amigo e servidor, Cecília aproximou-se do local da entrevista entre seu pai e Peri. Ouviu, assim, toda a narração dos riscos que correra. O susto pela sua própria vida não foi maior do que o que sentiu ao ver em Peri as marcas do perigo por que passara.

Peri, depois de ter contado o acontecido, decidiu pôr em guarda as pessoas às quais dedicaria, a partir de então, a própria vida. Acrescentou por isso, à sua narrativa, por força das observações e da experiência, uma convicção:

– Senhor, o aimoré está ofendido.

– Dize-me tudo, meu amigo.

– Esta não vai ser a única tentativa. O aimoré virá de novo.

D. Antônio baixou a cabeça, refletindo. Depois, voltou a perguntar:

– Que me aconselhas?

– É preciso preparar-se para resistir.

– Se o homem branco te pedir uma coisa, podes atendê-lo, Peri?

Peri olhou para D. Antônio e, depois, para sua senhora:

– Peri dará até sua vida pelo pai de sua senhora. Ordena, senhor.

– Peço-te que fiques conosco, para ajudar-nos na defesa, meu amigo.

– Peri ficará. Descansa, senhor. Encontraremos saída.

– Não voltes a pôr em perigo a tranquilidade da casa, Peri.

Peri sorriu, como um menino divertido. Mas baixou a cabeça, assentindo. O pai de sua senhora lhe fizera um pedido.

Isso era uma ordem para Peri.

Cecília

Era de noite; todos estavam já recolhidos. Do quarto de Cecília, que ficava debruçado sobre o abismo por questões de segurança, vinha ainda um pouco de luz. Logo essa luz diminuiu; a menina tinha se recolhido.

Diante do quarto de Cecília, sobre uma grande pedra plana, Peri tinha construído a sua cabana, onde guardava a rede e as armas. Era ali que ele sempre passava as noites, boa parte das quais velando. Também ficava por ali de dia, quando sabia que sua senhora precisava dele.

A janela do quarto de Ceci, bem protegida de qualquer invasão, tinha um pequeno parapeito e debaixo dela a pedra era estreita e escorregadia.

Mais abaixo era o abismo, grandes pedras escuras e entrecruzadas, cobertas de vegetação e habitadas por animais e répteis.

No entanto, já tarde da noite, alguém estava se aproximando da janela da moça.

Peri, com seu ouvido aguçado pela afeição e os olhos atentos, já havia chegado à porta da cabana, pronto a atacar, com flechas certeiras, quem quer que se atrevesse a aproximar--se do quarto de Cecília.

O que viu, no entanto, fez com que baixasse o arco, que já estava preparado.

Quem estava tentando escalar as pedras e se aproximar do quarto não era ninguém mal-intencionado. Era apenas Álvaro, que decidira fazer algo que, para ele, era como um pedido de casamento.

Levava nas mãos o bracelete que havia trazido para Cecília; agarrando-se a uma estaca do jardim e pondo o pé sobre o respaldo, conseguiu chegar com a mão até a borda da janela. Ali, então, depositou a sua prenda.

Ele tinha a esperança de que Cecília, ao despertar, vendo a joia e o perigo que o seu ato tinha representado, aceitasse o presente oferecido.

Peri, ao vê-lo, compreendeu os sentimentos do rapaz; emocionado, olhou para o céu, cheio de estrelas. Ele não tinha ciúme de Álvaro, mas sentia não possuir nada de belo e valioso para ofertar a sua senhora. Por seu gosto, traria do céu uma estrela para dá-la a Ceci.

Estava para entrar novamente na cabana quando sua atenção foi despertada por um segundo perigo.

Álvaro já se havia ido, mas, agora, uma ameaça verdadeira pairava sobre o abismo.

Loredano, atocaiado, tinha visto toda a cena anterior. Também ele queria chegar ao quarto de Ceci, mas com outras intenções. Embora tivesse acompanhado o ato de Álvaro, este não o tinha visto. E ainda que Peri estivesse acompanhando toda a cena, Loredano não o via.

O aventureiro subiu, agarrando-se às pedras escorregadias; depois, cravando sua faca na parede, conseguiu suspender-se sobre o abismo, com enorme perigo, e chegar perto da janela.

Estava pendente sobre o precipício; corria riscos talvez maiores do que aqueles pelos quais passara Álvaro, momentos antes. Alguma intenção muito poderosa o movia.

Essa intenção era motivada pelo ciúme, que, naquela natureza exuberante, sensual e violenta, tinha uma força extraordinária.

A primeira coisa que fez, quando conseguiu tocar as pedras que protegiam a janela de Cecília, foi empurrar o pequeno objeto depositado por Álvaro, que caiu no fundo das grotas sombrias.

Conseguira o que desejava: impedir que Álvaro pudesse demonstrar seu amor pela moça.

Peri, que a tudo assistira, não fez nenhum movimento. Tinha compreendido o amor de um e o ciúme do outro. Rapidamente concluiu: se o pequeno objeto que Álvaro depositara na janela fosse importante para Ceci, ele o recuperaria. Se não, deixaria que tudo permanecesse como estava. A única coisa que lhe importava era a alegria de sua senhora. Por isso, tranquilamente, preparou-se para montar guarda pelo resto da noite.

Agora, no entanto, sabia que Loredano era o inimigo a ser vigiado.

Revelação

Loredano, desde que chegara à casa de D. Antônio, apresentando-se como homem de armas desenvolto e hábil, conseguira a confiança de Aires Gomes, o escudeiro e principal ajudante do senhor da casa. Por esse meio, também tinha a seu lado a benevolência do próprio D. Antônio. Além do mais, depois de examinar bem o caráter dos companheiros, escolhera dois, que lhe pareceram mais valentes e menos escrupulosos, para seus parceiros na aventura que ia encetar: esses dois eram Rui Soeiro e Bento Simões, homens que arriscariam qualquer coisa por muito ouro na bolsa.

Na manhã seguinte à aventura em que Loredano arriscara a vida para desfazer o presente que Álvaro fizera a Cecília, iam os três homens caminhando pela mata, buscando um lugar tranquilo para poder fazer seus planos de futuro.

Os três pretendiam combinar a maneira como iriam assaltar a casa, vencer D. Antônio e os que lhe fossem fiéis, raptar as moças – principalmente Cecília, a quem Loredano desejava – e fugir, levando armas e dinheiro para alcançar as minas de prata.

No entanto, Peri, que desde a noite tinha o olho sobre Loredano, também os estava seguindo, certo de que boa coisa não iriam fazer aqueles três homens brancos suspeitos.

Quando percebeu que os três se acomodavam numa clareira, longe dos olhares dos habitantes da casa, fiéis a D. Antônio, procurou maneira de ouvi-los sem ser visto.

O acaso ajudou-o; seu olhar deparou com um cupim, um montículo de barro queimado, que era a entrada de um formigueiro grande. Aquela que Peri tinha encontrado era uma casa abandonada pelos seus habitantes, devido a uma enxurrada que penetrara no pequeno subterrâneo.

O índio tirou sua faca, cortou a cúpula dessa pequena torre e deixou descoberto um buraco que penetrava pelo interior da terra e ia ter à clareira onde estavam os aventureiros.

Esse buraco tornou-se uma espécie de tubo acústico que lhe trazia as palavras claras e distintas.

Assim preparado, o índio sentou-se e pôs-se a ouvir.

***

Enquanto isso, na casa, tendo passado a noite insone, pensando no atrevimento do seu ato, Álvaro estava confuso, compreendendo por que Cecília, que devia ter encontrado na janela o bracelete, não lhe tinha dirigido a palavra.

Cecília estava preocupada com as notícias do ataque anunciado por Peri, e também porque não o via perto. Ela já se tinha acostumado à proteção representada por Peri, e sua ausência a deixava inquieta.

Não era um bom momento, mas Álvaro, ignorando-o, aproximou-se dela:

– Bons dias, minha amiga.

A moça, distraída, respondeu ao cumprimento de maneira casual, o que fez que Álvaro suspeitasse de alguma coisa. Pálido, atreveu-se a perguntar:

– Eu te ofendi tanto, Cecília?

– Não compreendo, meu caro.

– Eu quis te obrigar a aceitar um presente meu...

– Presente? Que presente?

A surpresa de Cecília deixou o rapaz intrigado.

– Não encontraste nada em tua janela?

– Nada. Não abri ainda a minha janela. Deveria encontrar alguma coisa?

Álvaro estava desorientado. Sem saber o que acontecia, contou em poucas palavras o que tinha feito.

Um pouco à parte, Isabel assistia à cena.

Cecília, ao ouvir a história, foi-se tornando séria:

– Fizeste muito mal, senhor Álvaro. Foi um atrevimento, e vais desfazer o que fizeste, tirando de minha janela o que ali puseste, sem ordem.

– Foi tão grave a ofensa?

– Poderias comprometer-me, senhor...

– Juro que não foi essa a minha intenção...

– Repito que deves desfazer o que fizeste; de outra forma vais me fazer sentir culpada sem haver feito nada de mal.

– Seria para mim um triste momento.

Cecília sentiu, emocionada, que estava magoando gravemente o rapaz, que, na verdade, não tivera intenção de ofendê-la. Procurou, então, diminuir a gravidade de seu tom:

– Por favor, senhor; não tomes tão tristemente minhas palavras. Espero que possamos seguir tão amigos como sempre fomos. Quem sabe tenhas, qualquer dia, momentos mais alegres?

Sorrindo, Cecília se afastou de Álvaro; ela não queria ferir o moço, que, afinal, tivera apenas um gesto galante. Dirigiu-se ao seu quarto, e foi seguida por Isabel.

Cecília estranhou a tristeza e a palidez de Isabel; há tempos ela vinha desconfiando que Isabel amava alguém, mas não tinha ainda conseguido identificar o objeto de seu amor. Ao ver a prima em seu quarto, como se esperasse algo, Cecília sentiu que a revelação estava por se dar; olhou-a nos olhos e, decidida, ordenou com uma dureza que não lhe era natural:

– Isabel, abre essa janela!

A prima obedeceu e, quando a abriu, não viram nada.

Cecília teve um movimento de estranheza, mas Isabel, uma expressão de triunfo. Olhou para a prima, feliz por um momento. Cecília, então, finalmente compreendeu:

– Isabel! Tu amas D. Álvaro!

A moça caiu de joelhos aos pés de Cecília.

Tinha-se traído.

A conspiração

Na clareira, foi Rui Soeiro quem primeiro rompeu o silêncio:

– Não foi decerto para espairecer pelos matos ao romper da alva que viemos aqui, não é certo, Loredano?

– Certo que não.

– Então, por que não falarmos de vez?

– Sim. Porque, senão, melhor retornarmos – disse por sua vez Bento Simões.

– Retornar? Então não sabem que eu tenho os dois em minhas mãos e posso denunciá-los como traidores? – falou Loredano, tranquilamente.

Os dois aventureiros empalideceram:

– Terias valor para isso, italiano?

– Como não? Mas isso não será necessário, se me ouvirem com atenção. Ouçam: tenho nas mãos de D. Antônio o meu testamento, que ele deve abrir só quando me saiba ou me julgue morto. Nesse testamento estão explicadas as nossas relações e os nossos planos. Portanto, agora sabem que estamos juntos, para o bem e para o mal.

Os dois homens estavam lívidos como fantasmas. Rui gritou:

– Isso é mentira!

– Por que não experimentam? Se me matarem, terão enfim a certeza.

– É verdade... ele é capaz disso... – murmurou Bento.

– Jura! – gritou Rui, apavorado.

Loredano tirou a sua espada, estendeu-a e, sobre a cruz do punho, exclamou:

– Por esta cruz e pelo Cristo que nela sofreu; por minha

honra neste mundo e minha alma no outro, juro.

Os dois homens caíram de joelhos, esmagados pela solenidade do juramento, que parecia maior no meio da floresta silenciosa e sombria.

– Então – balbuciou Rui Soeiro – confessaste que pretendes assassinar a D. Antônio e a sua mulher, lançar fogo à casa, raptar sua filha?

– Sim!

– E que a outra nos pertencerá, e que tiraremos a sorte para ver com qual dos dois ficará?

– Sim; está tudo escrito nesse papel. Mas, senhores, por favor, desfaçam essas caras sombrias! D. Antônio é um cavalheiro português e jamais abrirá esse papel antes da minha morte. Confiem em mim! Logo alcançaremos a nossa meta.

E Loredano, enfiando a mão por debaixo de um montão de folhas, retirou de lá uma botija de bom vinho português.

– Aqui está. Alegremo-nos!

Os três beberam diretamente da botija, colando os lábios e tragando o líquido com prazer.

– E agora, ouvi: tenho o mapa das minas de prata de Robério Dias.

– Onde?

– Aqui mesmo!

Sacando do seu punhal, Loredano pôs-se a cavar por debaixo de uma grande pedra em local muito próximo de onde estavam. Seus companheiros o observavam, enquanto bebiam do bom vinho que a sorte e a previsão do italiano lhes tinha proporcionado.

De repente, ouviu-se o tinir do punhal contra um objeto duro. Loredano exclamou:

– *Per Dio!* Aqui está!

E levantou um vaso de barro vidrado, daqueles que os índios da região chamavam de *camuci*.

– Aqui temos – disse ele lentamente – o tesouro de Robério Dias. Um pouco de sorte, e seremos mais ricos que o sultão de Bagdá!

Sacou de dentro do vaso um pergaminho antigo, com um rótulo em vermelho, que o identificava como o mapa das minas de prata. Levantou-o com solenidade, passou-o diante dos olhos arregalados dos companheiros. Depois disse:

– Jurem que os seus braços não tremerão quando chegar a hora de matar! Jurem!

Os dois responderam a uma só voz:

– Juramos!

Nesse momento, uma palavra partiu do seio da terra, surda e cavernosa, como se uma voz do sepulcro a tivesse pronunciado:

– Traidores!...

Os três aventureiros ergueram-se a um só movimento, gelados. Pareciam cadáveres surgidos da campa.

Olharam ao redor, subiram a uma árvore, fizeram uma busca nas redondezas.

Tudo estava em sossego.

O dia, no seu esplendor, dominava a natureza.

Vilania

Os homens tremiam; Rui e Bento atribuíam ao céu a origem da palavra que os atemorizara. Loredano, no entanto, era mais realista. Tinha ouvido uma voz e essa voz devia pertencer a um homem.

Fez um sinal aos dois cúmplices e os três, carregando o pergaminho, abandonaram a clareira e se puseram a procurar. Teriam feito umas cinquenta braças do caminho quando viram por entre as folhas um cavalheiro que Loredano imediatamente reconheceu: era Álvaro.

O moço se afastara da casa para meditar sobre as possíveis razões da atitude de Cecília. Loredano, vendo-o, olhou para os companheiros, insinuando que a voz partira do rapaz. Com um gesto afastou-os e, sem mais delongas, meteu-se por entre as árvores.

Álvaro, porém, tinha o bom ouvido dos caçadores natos; apenas o vento lhe trouxe o estalido de folhas secas pisadas, levantou a cabeça, pesquisou ao redor e, depois, com cautela, encostou-se a um tronco de árvore. Desta forma, não poderia ser atacado pelas costas. Vendo isso, Loredano decidiu enfrentá-lo:

– Bons dias, senhor cavalheiro. Adivinho que algum mal de amor te afasta da casa?

– Não entendo, senhor.

– Sem meias palavras: acredito que desejamos a mesma mulher.

Álvaro sentiu que o sangue lhe subia à cabeça:

– Que dizes? Que verme ousa voltar-se para o objeto do desejo de um cavalheiro?

– Não nos insultemos, senhor. Melhor será a luta.

– De acordo, senhor Loredano. Mas não à espada, que é uma arma de cavalheiro. A punhal, a arma de bandidos como o senhor.

E iniciaram a luta; Álvaro estava levando vantagem quando Loredano pediu trégua:

– Um momento, senhor cavalheiro. Tenho ideia melhor. Vamos para a beira do rio. Cada um de nós se colocará sobre uma pedra, em cada margem. Lutaremos com arma de fogo, com nossas clavinas. Aquele que for atingido pertencerá ao rio e à cachoeira.

– De acordo.

E Álvaro, tomando a dianteira, pôs-se a caminhar em direção ao rio, dando as costas ao aventureiro.

Loredano, nesse momento, sentiu apossar-se de si toda a sua vilania. Aproveitando a desvantagem momentânea do cavalheiro, tomou a clavina e preparou-se para atirar.

Adiante, Álvaro tomava do peito um jasmim que recolhera das mãos de Cecília e o beijava, pensando em seu amor e no passo em que ia arriscar a vida.

Nesse momento, ouviu um sibilo agudo.

A bala, roçando pela aba rebatida do seu chapéu de feltro, cortou um pedaço do tecido, rente ao seu ombro.

Álvaro voltou-se, para ver um espetáculo surpreendente: Peri, com a mão esquerda, segurava a nuca do vilão, enquanto o obrigava a ajoelhar-se. Com a outra mão agarrava sua longa faca e se preparava para cravá-la quando Álvaro ordenou:

– Solta esse miserável, Peri!
– Ele queria te matar!
– Por isso mesmo. Sua vida me pertence.

Armou a clavina para justiçar o indigno. Mas, depois, sua nobreza venceu.

– Tu não vales que te mate. Tua vida pertence ao pelourinho e ao carrasco. Vais jurar que amanhã mesmo deixarás a casa de D. Antônio de Mariz e nunca mais porás os pés neste sertão!
– Juro!

Álvaro olhou-o com desprezo:

– Ergue-te. E tira-te dos meus olhos.

Loredano desapareceu a correr.

Álvaro, então, voltou-se para o índio:

– Obrigado, Peri.

– Peri nada fez. Quem te salvou foi a senhora. Se tu morresses, a senhora havia de chorar. E Peri quer ver a senhora sempre contente.

Álvaro sorriu:

– Então é isso, Peri só me defende porque pensa que Cecília me ama?

– Peri só ama o que a senhora ama.

Os dois tinham chegado perto da casa. Peri se deteve:

– Ouve. O inimigo quer fazer mal. Defende a senhora.

– Decerto. Como hei de combater o inimigo?

– Tu saberás.

E assim se separaram.

Explicação

Peri, como era de seu costume, antes de mais nada dirigiu-se a sua cabana, perto do quarto de Cecília; viu a moça pela janela e se dirigiu até ela, a fim de ver se sua senhora necessitava de algo.

Chegou, portanto, a tempo de ver o estranho quadro: Cecília estava surpresa, pálida, e Isabel, a seus pés, chorando baixinho.

Era difícil para Peri compreender toda a extensão do acontecido; por isso preferiu perguntar a Cecília:

– Tu estás triste, senhora?

Isabel, vendo-o, assustou-se e fugiu, com medo de que alguém mais ficasse a par do seu segredo. Cecília estava abatida. De um golpe tinha compreendido que, sem querer, ferira a sua prima querida; que esta amava sem ser correspondida. E que, talvez, a culpada de tudo fosse ela, Cecília. Ela, que nem sabia se amava, ou não, o moço Álvaro. Uma lágrima escapou dos seus olhos. O índio viu essa lágrima e apressou-se:

– Peri vai buscar o que tu desejas.

E imediatamente saltou sobre as pedras.

A descida era perigosa, mas nada era demais para a sua agilidade quando se tratava de satisfazer um desejo de sua senhora.

Cecília, debruçando-se sobre o abismo, via serpentes que se escondiam entre as pedras e Peri, que rastejava e se agarrava, a fim de alcançar o lugar escondido onde caíra o bracelete.

De súbito, ouviu um grito agudo e, logo depois, o canto do cauã.

– Peri!

Nenhuma resposta lhe vinha do fundo. Seu amigo tinha, talvez, sacrificado a própria vida para conseguir um objeto que não valia o ouro da sua amizade!

Aterrorizada, Ceci afastou-se da janela, sentindo vertigens. Já dava o seu protetor como morto e chorava aquela perda, quando ouviu a voz do guarani:

– Senhora!

Ergueu os olhos e viu Peri a seu lado, com uma bolsa de malha de prata que continha o bracelete.

– Tiveste medo, senhora?

– Sim! Pensei que ias morrer, Peri!

– Peri é filho das matas e as cobras o conhecem. É só imitar o canto do cauã, e elas fogem.

Apresentou a bolsa a Ceci.

– Toma, senhora.

Cecília abriu a bolsa e colocou no braço o bracelete, admirando-o. Peri a olhava, não com inveja de quem lhe dera a prenda, mas pensando que ele próprio, ainda que lhe desse a vida, não poderia dar-lhe nada de tão belo. Ela o notou:

– Gostarias que eu usasse uma prenda tua, Peri?

– Sim, senhora.

– Então, vai buscar uma flor bem bonita, que Cecília porá nos seus cabelos; porque este bracelete nunca estará no meu braço.

Dizendo isso, enquanto Peri saltava à procura da mais bela flor da campina, Cecília dirigiu-se aonde estava Isabel:

– Isabel, minha prima... Estás menos triste?

– Estou envergonhada, porque descobriste um segredo meu...

– Posso te dizer uma coisa, Isabel? Eu te peço: ama o senhor Álvaro.

– Mas é a ti que ele ama!

Cecília corou, mas foi firme:

– Isso não é verdade. Olha: queria que usasses este bracelete...

– É o que ele trouxe?

– Não... este me foi dado por meu pai...

Cecília estava mentindo. Mas era por uma boa causa. Isabel talvez o adivinhasse, mas não resistiu à tentação de usar aquela prenda; afastou-se, admirando o bracelete de pérolas claras, que brilhavam no seu braço moreno.

E quando Peri trouxe a mais rara orquídea daquelas paragens, foi a flor que Cecília prendeu nos cabelos.

Planos de defesa

Já se notavam, nas cercanias da casa de D. Antônio, movimentos que prenunciavam o ataque dos índios aimorés; de fato, profundamente ofendidos pela morte da jovem filha do chefe, esses índios, guerreiros e bravos, estavam se preparando para um ataque que fosse, ao mesmo tempo, de vingança e de justiça.

D. Antônio nunca tivera dúvidas de que, vivendo naquelas matas afastadas de tudo, estava sempre ameaçado pela hostilidade de alguma tribo. Por isso, naquele dia, pediu em seu gabinete a presença do filho, Diogo, e de Álvaro, seu amigo e chefe dos homens de armas. Quando eles se aproximaram, sentou-se à grande mesa coberta de couro, e principiou:

– Meus filhos: chamei ambos aqui para comunicar-lhes algumas coisas e pedir outras, todas relacionadas com o futuro da nossa família e com a sua segurança.

Suspirou profundamente e prosseguiu:

– Tenho sessenta anos, já vai longe a mocidade. Quero fazer, portanto, o meu testamento.

– Testamento, meu pai!

– Sim, Diogo. Quero dispor do que possuo, do que Deus me deu. A ti, deixo tudo o que conquistei, com o auxílio de Deus, meus bens e a minha honra. Defende a nossa família, tua mãe, nossa casa e nosso nome.

O velho dirigiu-se, então, a Álvaro:

– Deixo à tua guarda, Álvaro, a vida e a felicidade de Cecília. Cuida dela; pelo que sei, tens tudo para ser o marido da minha menina querida.

Deteve-se um pouco, comovido, e prosseguiu:

– Quero confessar, também, que Isabel é minha filha, fruto de um amor que tive fora do casamento. Quero que ambos a ajudem e defendam, porque é de meu sangue.

Os moços baixaram a cabeça, sem comentários.

– Quero que saibam, também, que tomei precauções especiais para defender-nos do ataque que estamos prestes a sofrer. Não posso dizer quais são essas precauções, no momento. Mas estejam seguros de que elas existem, e que não permitirei que ninguém toque um fio de cabelo sequer de minha esposa e de minhas filhas. Diogo!

– Sim, meu pai.

– Sai e chama Peri. Quero falar com ele.

O rapaz saiu para cumprir a ordem.

***

Peri chegou, como sempre se apresentava quando chamado à presença de D. Antônio: cheio de respeito, mas de cabeça erguida, como convinha a um príncipe.

– Peri – disse D. Antônio. – Sei que tua tribo te chama; que tua mãe esteve aqui procurando por ti. Estamos prestes a sofrer um ataque dos aimorés. Não pensas que seja melhor ires para junto dos teus?

Peri baixou a cabeça:

– Se tu mandas, Peri se vai; mas preferia ficar, porque o ataque é para logo.

– Como sabes?

– Peri andou pela floresta e viu índios; armados e prontos.

Estavam na sala apenas D. Antônio e os dois rapazes; nesse momento entrou Aires Gomes, o escudeiro, que estava irritado contra Peri, desde o episódio da onça viva. D. Antônio o chamou:

– Aires, meu velho. Aperta a mão deste amigo dedicado. Ele será mais um a ajudar-nos na defesa da casa e da minha família.

Aires Gomes, carrancudo, mas obediente, apertou a mão de Peri, que sorria, um pouco zombeteiro. Aires, então, anunciou:

– Senhor, há um homem que quer entrar a teu serviço. Chama-se Nunes e chegou ontem. Eu o avisei de que estamos ameaçados pelos índios, mas ele disse que não os teme. No entanto, quer falar-te sobre alguma coisa que considera muito importante para a nossa segurança, e que não me quis confiar.

– Manda que ele entre – disse D. Antônio.

Nunes, que estava esperando pela ordem, entrou em seguida.

Ele era, como podemos lembrar, Mestre Nunes, aquele a quem Frei Ângelo havia encarregado de levar a notícia de sua missão ao Superior do Convento dos Carmelitas, no Rio de Janeiro, na noite daquela infausta tempestade.

Nunes entrou e, respeitosamente, beijou a mão de D. Antônio. Depois, aceitou o copo de vinho que lhe era oferecido e se dispôs a responder ao chefe da casa.

– Aires Gomes, meu escudeiro, me diz que tens algo de muito importante para revelar-me – disse D. Antônio. – De que se trata?

Nunes olhou para os demais, estranhando, inclusive, a presença de um índio, Peri. D. Antônio de Mariz o pôs à vontade:

– Podes falar sem susto. Esta é a minha família.

Nunes suspirou e deu início à sua fala:

– Queria contar-te, senhor: entre os teus homens há um que não é o que parece.

– Como? De quem falas?

– Falo de quem é conhecido como Loredano.

Álvaro e Peri tiveram o mesmo movimento de recuo, como se estivessem diante de um perigo. Eles conheciam muito bem o homem de quem se falava.

– Loredano não é quem parece. É, na verdade, um frade renegado. Eu o conheci há tempos; estávamos no mesmo abrigo da serra, quando ele ficou sabendo, por um companheiro agonizante, da existência das minas de prata da Bahia. Estou seguro de que ele já matou para conseguir pôr a mão nesse tesouro. É mentiroso, falso; mente à sua regra e à sua ordem. É libidinoso e cheio de cobiça. Representa um perigo para ti e para a tua casa.

D. Antônio olhou para seus companheiros:

– Que me dizem?

Álvaro não hesitou:

– Não pretendia molestar-te com estes fatos, senhor. Mas esse homem atentou contra a minha vida e eu o expulsei da casa. Peri foi testemunha disso e, aliás, salvou-me de um ataque traiçoeiro.

Peri o seguiu:

– Peri viu o homem aproximando-se do quarto da senhora e não o matou porque ele não chegou a entrar.

D. Antônio de Mariz levantou-se:

– É preciso desmascará-lo!

Peri voltou à carga:

– Deixa-o vivo. Ele tem companheiros. Peri vigia, a fim de saber quais são. Não te preocupes com ele. Cuida da segurança da senhora e da família.

D. Antônio, preocupado, agradeceu e despachou Mestre Nunes. Pediu-lhe, em todo o caso, que também ajudasse na vigilância contra Loredano e seus possíveis cúmplices, tomando cuidado para não ser descoberto. Nunes concordou e voltou ao alojamento dos homens.

O velho deu, então, as suas últimas ordens daquele dia:

– Diogo, assim que anoiteça, tu vais partir com quatro homens mais, para buscar auxílio na cidade do Rio de Janeiro.

– Mas, senhor! Agora, que os índios se aproximam e o ataque é iminente?

– Sim. Exatamente agora é que o auxílio é necessário. Com estes valentes amigos, podemos resistir; temos munição e provimentos. Enquanto isso, vais ao Rio e voltas com mais homens e armas para ajudar-nos. E levas contigo Loredano, que assim fica afastado da casa!

Era uma ideia excelente e Diogo não teve mais remédio senão aceitá-la.

O amor de Isabel

Afastando-se da sala de D. Antônio de Mariz com suas preocupações, Álvaro encontrou-se com Isabel.

Para sua surpresa, viu que a moça – que agora ele sabia meia-irmã de Cecília – levava no braço o bracelete que ele quisera ofertar à sua amada.

Isabel, vendo o olhar de Álvaro, que reconhecia o bracelete, acabou de ter a certeza que lhe faltara sobre a origem do presente. Calou-se mortificada, enquanto o rapaz perguntava:

– Que significa tudo isto, D. Isabel?

– Não sei! Zombaram de mim! – respondeu Isabel, envergonhada.

– Como?

– Cecília fez-me acreditar que este bracelete era presente de seu pai. Senão, nunca o teria usado!

Álvaro comoveu-se com a evidente emoção de Isabel:

– Se soubesses que vinha de minha mão, não o usarias?

– Nunca!

– Qual o motivo?

A moça fitou nele os seus grandes olhos negros; havia tanto amor e tanto sentimento naquele olhar profundo que, se Álvaro o pudesse compreender, teria a resposta a sua pergunta. Mas ele ainda estava confuso. Pôs um joelho em terra e suplicou a Isabel:

– Por favor, senhora! Eu te peço uma explicação para tudo isto! Por que Cecília despreza a minha oferenda e a dá de presente a sua prima?

Isabel tremia, tomada pela emoção, ao ver o rapaz a seus pés, como um namorado:

– Não posso dizê-lo! Odiar-me-ias se o fizesse, senhor!

– Há um grande mistério em tudo isso! Por quê?

Álvaro tomara entre as suas as duas mãos da moça. O amor profundo, veemente, que dormia no íntimo da alma de Isabel, a sua paixão, abafada e reprimida, ergueu-se, impetuosa e indomável. O simples contato das mãos do moço tinha causado essa revolução; a menina tímida ia transformar-se na mulher apaixonada.

Ele a admirava, fascinado. Nunca a vira tão bela. O moreno suave de seu rosto e de seu colo iluminava-se de reflexos doces. Isabel hesitava em proferir a primeira palavra.

Por fim, vacilou: reclinando a cabeça sobre o ombro de Álvaro, murmurou:

– Porque... eu te amo!

Em busca de socorro

Nem bem tinha anoitecido quando Diogo, acompanhado de três homens, escolhidos a dedo entre os melhores, e mais Loredano, afastava-se da casa, a cavalo e armados todos, para buscar auxílio no Rio de Janeiro.

Antes, tinha pedido a benção a seu pai, se despedido de Cecília e Isabel, e beijado sua mãe, que tremia à ideia da sua partida.

Loredano pretendera resistir à ordem; mas depois se deu conta de que qualquer negativa o tornaria mais suspeito aos olhos do dono da casa. Ele também já tinha reconhecido Mestre Nunes e, amaldiçoando a coincidência, receava ter sido traído.

Assim, despediu-se de Rui Soeiro e Bento Simões, seus dois cúmplices.

– Que devemos fazer, agora? – perguntou-lhe Rui, à partida, enquanto Loredano montava.

– Nada. Esperem um aviso. De alguma forma conseguirei me comunicar.

– Nós já temos outros homens de nosso lado. Alguns estão descontentes com a presença do índio e a arrogância desse Álvaro.

– Vamos ver se conseguimos que nos ajudem... Tenham calma. Esperem.

E, depois de ter dito essas palavras, Loredano juntou-se a Diogo e aos homens que estavam de partida.

***

Na casa, ainda abalado pelas recentes notícias e pelo ataque sofrido, sabedor de que agora, com Peri, era o responsável pela segurança da família de D. Antônio, aquele digno ancião,

Álvaro não conseguia furtar-se à lembrança da cena que tivera com Isabel. A paixão da moça o afetara profundamente e não podia negar que a sua sensibilidade de homem moço, viril e forte o levava a pensar em Isabel mais do que desejara.

Saiu da casa procurando respirar melhor, com o pensamento turbado por todos os últimos acontecimentos; na esplanada, tendo a seus pés a esplendorosa paisagem natural, voltou a encontrar-se com Isabel.

Ambos ficaram mudos e intimidados. Álvaro ia retirar-se, para não criar uma situação mais constrangedora, mas Isabel o deteve:

– Senhor Álvaro...

– Que queres de mim, D. Isabel?

– Restituir-te o que não me pertence.

– Falas ainda desse malfadado bracelete?

Isabel suspirou:

– Sim. É ainda esse malfadado bracelete.

Álvaro deteve-se um momento, modificando o seu tom:

– Por favor, Isabel. Aceita esse presente... o acaso fez com que ele fosse parar nas tuas mãos, e agora é teu.

– Mas eu não posso aceitá-lo!

– Por quê? Uma irmã não pode aceitar o presente dado por um irmão?

– Irmão?

A voz de Isabel e sua emoção traíam os seus sentimentos. Álvaro beijou-lhe a mão, com ternura:

– Estamos em perigo de vida, Isabel. Ninguém sabe o que pode nos acontecer. Vamos despedir-nos em paz.

E se afastaram. Mas o bracelete estava com Isabel. Igualmente o beijo.

Traição

A noite chegava; a comitiva chefiada por D. Diogo prosseguia, sem se deter, movida pela urgência do pedido de socorro. Loredano, desesperado, percebendo que tinha sido descoberto e que, se tivesse de partir para o Rio de Janeiro com Diogo, veria todos os seus planos irem por terra, tomou uma resolução.

Fingindo uma dificuldade na ferradura de seu cavalo, atrasou-se na marcha, distanciando-se pouco a pouco, de maneira gradual, dos demais cavaleiros.

Percebera que tinha de reunir-se, rapidamente, com Rui Soeiro e Bento Simões, seus asseclas, a fim de modificar a estratégia. Ou agiam imediatamente, ou nada do que havia sido planejado poderia se executar.

A noite favoreceu o seu intento; dentro em pouco os companheiros estavam longe, perdidos em suas preocupações, favorecidos pela boa-fé e pelo descuido de Diogo. Virando a montaria, Loredano regressou a galope para o lugar da casa de D. Antônio.

Ali chegando em pouco mais de uma hora de marcha forçada, comunicou-se por sinais com os dois companheiros e, reunidos em local inacessível, começaram a urdir de novo seus planos.

Estavam outra vez os três reunidos; Loredano, depois das explicações iniciais, transmitiu aos dois traidores as ordens: colocar em lugares estratégicos da casa, desde os alojamentos dos homens de armas até as portas da parte principal, molhos de palha que, quando fosse o momento, poderiam incendiar-se facilmente, e assim dar fim à vida de seus moradores.

Rui Soeiro e Bento Simões tinham já conseguido seguidores entre os aventureiros descontentes com o prestígio do bugre, com a autoridade de Álvaro e com a imprudência de D. Diogo, a quem culpavam pela hostilidade dos aimorés.

Aires Gomes, o fiel escudeiro, e Mestre Nunes, que tinha desmascarado Loredano, acreditavam que o italiano já estava longe, na comitiva do filho de D. Antônio, a caminho do Rio. Mal sabiam que o falso frade, apenas se tinham afastado e aproveitando a escuridão da noite, abandonara a comitiva e, agora, estava de novo rondando a casa, em companhia dos dois asseclas.

***

Loredano, pronto a agir, retomara toda a sua iniciativa. Despachando Bento Simões para guardar o alojamento dos homens de armas, estendeu a mão a Rui Soeiro, em cuja habilidade tinha maior confiança:

– Rui, tu me és dedicado, já me deste provas. Sabes que eu amo a uma mulher?

– Sei. E sei quem é.

– Bem. Hoje essa mulher me pertencerá. Mas... se isso não acontecer... quero que ela não seja de homem algum... Promete que, se algo me acontecer... tu a matarás!

– Loredano! – exclamou Rui, horrorizado.

– És meu amigo e serás meu herdeiro! Jura!

– Mas...

– Se recusas a minha oferta, outro a aceitará! Fortuna, poder, um poder ilimitado! Anda, jura!

– Juro... – respondeu Rui, com a voz estrangulada.

– Avante, então!

Loredano extraiu lentamente e com cuidado, de um esconderijo, uma longa tábua, longa e estreita. Encaminhando-se para o despenhadeiro que defendia o quarto de Cecília, colocou-a sobre o abismo, como se fosse uma ponte.

– Vais segurar esta tábua, Rui. Entrego em tuas mãos a minha vida.

O italiano estava, agora, no mesmo lugar onde, dias antes, estivera para desfazer o presente de Álvaro.

A tábua foi colocada na direção da janela; Rui postou-se sobre a sua extremidade, mantendo imóvel essa espécie de ponte pênsil, na qual Loredano ia se arriscar.

Este, sem hesitar, tirou suas armas para ficar mais leve, descalçou-se, segurou a longa faca entre os dentes e pôs o pé sobre a prancha.

– Segura firme! – ordenou a Rui.

– Sim... – respondeu Rui, com voz trêmula.

A razão por que a voz de Rui tremia era um pensamento diabólico que começava a fermentar no seu espírito. Pensava que tinha na sua mão a vida de Loredano e o seu segredo; que para ver-se livre de um e senhor do outro, bastava afastar o pé e deixar a tábua inclinar-se sobre o abismo.

Ele hesitava, no entanto; o medo o detinha, mas a imagem da riqueza esplêndida, que seria só sua, o estimulava. Venceu, afinal, a força da tentação: seus joelhos curvaram-se e a tábua sofreu uma oscilação tão forte que ele se admirou de como o italiano se pudera suster.

Nesse momento, ouviu-se a voz fria do outro, algo zombeteiro:

– Estás cansado, Rui? Podes tirar a tábua. Não preciso mais dela...

O aventureiro ficou apavorado; decididamente, Loredano era um espírito infernal que planava sobre o abismo e escarnecia do perigo.

Não era nada assim, no entanto; na verdade, o que ocorria era que Loredano, com a sua previdência habitual, passara uma corda pelo caibro do alpendre e, assim que alcançara o meio da tábua, amarrara-se a essa corda, estando, portanto, a salvo se a tábua oscilasse.

Ninguém, nesse conluio de traidores, podia confiar em ninguém, e Loredano o sabia.

***

O avanço do vilão prosseguia; Loredano adiantou-se, tocou a janela de Cecília e, com a ponta da faca, conseguiu levantar o fecho. As folhas da janela se abriram.

Cecília dormia envolta nas alvas roupas do seu leito; sua cabeça loura emergia de entre as rendas. O decote de sua camisa de dormir se abria, deixando entrever os seios mimosos.

Loredano aproximou-se tremendo, pálido e ofegante.

A paixão brutal o devorava, escaldando-lhe o sangue nas veias e fazendo saltar o coração. Mas o aspecto dessa menina, que não tinha para defendê-la senão a sua castidade, o imobilizava.

Fez um esforço supremo e acendeu uma vela que estava próxima.

Passou, em seguida, ao espaço que ficava entre o leito e a parede, para admirá-la em toda a sua beleza.

Cecília sonhava, nesse momento. Seus lábios se entreabriram, e ela exalou, num suspiro perfumado:

– Peri...

Loredano firmou o joelho na borda do leito, fechou os olhos e estendeu as mãos.

Seu braço quase tocava o leito; mas a mão que se adiantava e ia tocar o corpo de Cecília estacou no meio do movimento e subitamente impelida foi bater de encontro à parede.

Uma seta, que não se podia saber de onde vinha, atravessara o espaço com a rapidez de um raio e, antes que se ouvisse o sibilo forte e agudo, pregara a mão do italiano no muro do aposento.

O aventureiro vacilou e abateu-se por detrás da cama; era tempo, porque uma segunda seta, despedida com a mesma força e a mesma rapidez, cravava-se no lugar onde há pouco se projetava a sombra de sua cabeça.

Loredano, louco de dor, compreendeu o que se passara; percebeu que aquelas setas vinham das mãos de Peri. Sentiu que o índio vinha se aproximando, tomado de ódio e de vingança.

Arrancou com os dentes a seta que prendia a sua mão e precipitou-se para o jardim.

Dois segundos depois, a folhagem da grande árvore que ficava frente ao quarto de Ceci se agitou e um vulto saltou, em silêncio, para dentro do aposento. Era Peri.

O índio avançou para o leito e, vendo sua senhora salva, respirou; com efeito, a menina, despertada pelo ruído da fuga de Loredano, voltara-se para o outro lado e continuara no seu sono tranquilo de juventude.

Peri, com muito cuidado, refez a ordem no quarto de Cecília; limpou as nódoas de sangue, para que sua senhora não se assustasse ao despertar. Depois, aproximou-se para vê-la salva, intocada. Baixou-se, então, e, com extrema delicadeza, beijou as chinelas de quarto que Ceci calçava ao despertar.

Em seguida, em total silêncio, saiu, fechou por fora a porta do quarto e sentou-se na soleira da porta, disposto a velar por sua senhora.

O acerto de contas

Ferido e encolerizado pelo fracasso de seus planos, Loredano dispôs-se a procurar auxílio e novas forças em Rui

Soeiro e Bento Simões. Tinha motivos, agora, para temer a Rui. O intento de traição do seu fingido companheiro havia se tornado evidente.

Quem lhe dizia, por outro lado, que Bento Simões lhe seria mais fiel? Loredano desconfiava de ambos.

Rui e Bento, no entanto, tinham conseguido aglutinar energias juntando alguns homens de armas que estavam descontentes com os rumos da situação e com o risco que estavam correndo por força do ataque dos aimorés e da imprudência de D. Diogo.

***

Já ia amanhecendo; Peri, que montara guarda à porta do quarto de Ceci por toda a noite, mantendo a porta fechada por fora, resolveu investigar pelas cercanias e descobrir o destino do homem que ferira e de seus asseclas.

Chegando ao alojamento dos homens, Peri agachou-se e penetrou no interior; de repente, a sua mão tocou uma lâmina fria, que reconheceu como a lâmina de um punhal.

– És tu, Rui? – perguntou uma voz sumida.

– Sim... – respondeu Peri, com uma voz quase imperceptível.

– Já é hora?

– Não...

– Todos dormem...

Deixando o homem que montava guarda, Peri se dirigiu ao alojamento de Aires Gomes; diante da porta fechada, viu um grande monte de palha.

Não teve mais dúvidas; alguns aventureiros estavam tramando incendiar a casa, a um sinal do chefe. Como poderia desfazer o plano?

Teve uma ideia.

O alpendre estava cheio de grandes talhas e vasos enormes, contendo água potável e vinhos rústicos, feitos de frutas, dos quais os homens tinham sempre uma grande provisão. Peri começou a abrir as torneiras de todos os barris, quando ouviu a voz de um homem:

– Quem vem lá?

Quando o vulto se aproximou, com as mãos que pareciam duas tenazes, Peri ergueu-o no ar, deixando-o depois tombar já morto.

Peri terminou a sua tarefa, tendo todo o alpendre inundado. O frio acordaria os homens e os obrigaria a sair. Era o que Peri desejava.

Voltou ao seu posto de vigia; no entanto, ali, outro perigo ameaçava: um homem estava encostado ao muro do quarto, tentando penetrar na alcova pela janela.

Peri aproximou-se e reconheceu Rui Soeiro.

O som da respiração do traidor serviu-lhe de alvo. Levantou a faca, que se enterrou na garganta do intruso.

Havia liquidado dois dos que maior perigo representavam para a segurança de D. Antônio e sua família. Loredano, no entanto, continuava vivo.

***

Vivo e cada vez mais ameaçador. Havia encontrado os corpos de seus asseclas e agora, dirigindo-se aos demais aventureiros, dizia:

– Homens! Sabem o que significa isto? A morte de Bento e de Rui, e toda a desordem que por aqui vemos?

– Não! Explica!

– Isto significa – continuou o traidor – que todos corremos risco de vida. Que existe uma serpente nesta casa, que mata com seu veneno. Sabem quem é?

– Não! Seu nome!

– A única pessoa que pode desejar a morte dos brancos, para fazer vencer os de sua raça.

– Peri!
– Ele mesmo. Mas ele não é o pior. Temos que destruir todos, principalmente aqueles que o protegem. Avante, antes que todos nós sejamos aniquilados pelos bugres e pelos seus partidários!
– Espera, Loredano – disse João Feio. – Antes, devemos parlamentar. D. Antônio sempre foi um bom chefe e homem de justiça.
Loredano, encolerizado, exclamou, cheio de impaciência:
– E quem irá parlamentar com D. Antônio?
– Eu mesmo, João Feio.
– E sabes o que dizer?
– Ele vai ouvir poucas e boas.
– Quando?
– Vou agora mesmo!
Uma voz calma, sonora e de grave entonação, uma voz que fez estremecer todos os aventureiros, soou na entrada do alpendre:
– Não precisas ir, porque eu vim. Aqui estou.
D. Antônio de Mariz, calmo e impassível, adiantou-se até o meio do grupo e, cruzando os braços sobre o peito, volveu lentamente pelos aventureiros o seu olhar severo.

D. Antônio

Os aventureiros, trêmulos, de cabeça baixa, não ousavam proferir uma palavra.

– Os senhores se calam? Há aqui alguma coisa que não se atrevem a revelar?

Loredano, vendo que ninguém falava, avançou:

– Senhor, somos homens e não queremos ser tratados como cães. Valemos mais que um herege!

Todos, encorajados por Loredano, puseram-se a dar gritos:

– Sim!

– Não somos escravos!

– Temos arriscado a nossa existência para defender tua casa!

D. Antônio mostrou, então, toda a sua cólera:

– Os senhores são mercenários! Vendem sua força a quem melhor paga! Que queriam?

Loredano reagiu, dirigindo-se aos homens:

– Vão deixar que os insultem? Vão deixar que cuspam na nossa cara?

– Não! – gritaram todos.

Loredano tirou de sua adaga e avançou para D. Antônio.

Este, com um gesto nobre, abriu o peito da camisa e descobriu o torso.

– Fere, mercenário, se tens coragem! – disse com voz serena.

Os aventureiros estavam paralisados pela coragem e energia de D. Antônio.

O italiano, tocado pela força da autoridade e nobreza do chefe, tremeu, com os dedos frios.

D. Antônio sorriu com desdém e abaixando a sua mão fechada sobre o alto da cabeça de Loredano, abateu-o a seus pés. Depois, falou com calma:

– Abaixem as armas e contem com um castigo exemplar. Dentro de uma hora, este homem será justiçado à frente de todos. Quanto aos demais, depois veremos. Se alguém mostrar desobediência, juro pela honra de D. Antônio de Mariz que ninguém sairá vivo desta casa!

E ia afastar-se de todos, que se curvavam às suas ordens, quando à distância se ouviu um som rouco, que se prolongou pelo espaço, como o eco surdo de um trovão.

Peri, que montava guarda na borda da esplanada, procurou ver o que se apresentava.

Uma linha movediça de cores vivas e brilhantes se adiantava na floresta.

A inúbia retroava; os sons dos instrumentos de guerra se misturavam com os gritos e o alarido dos homens seminus que avançavam.

Peri, de seu posto, gritou:

– Os aimorés!

E os aventureiros, apavorados, repetiram:

– Os aimorés!

A defesa

Dois dias tinham se passado depois da chegada dos aimorés; os selvagens haviam atacado a casa com uma força extraordinária. Em certos momentos as setas escureciam o ar e se abatiam como uma nuvem sobre a esplanada, crivando as portas e as paredes do edifício.

Toda a família se havia reunido na sala grande, abandonando as moças às suas alcovas, por medida de precaução. Dona Lauriana presidia a família e D. Antônio a chefiava. Os homens da guarda pessoal de D. Antônio, Aires Gomes e Álvaro, só se afastavam do recinto para montar guarda, cada um por seu turno. Nesses momentos, subindo a um ponto mais alto e protegidos por uma pequena paliçada, corriam, naturalmente, risco de vida. Era então que Isabel, a cada dia mais abatida, postava-se em uma das pequenas passagens que permitiam a entrada do ar, para seguir com os olhos os passos do moço amado.

Peri montava guarda aos pés de sua senhora, que passava as noites num pequeno sofá; dali ele só se afastava para vigiar o avanço dos atacantes, para proteger melhor alguma fresta por onde poderia entrar uma flecha perigosa, que ameaçasse a vida de Cecília, ou para atender a algum pedido da menina.

***

Álvaro estava trajando uma roupa de forro escarlate; quando, a um determinado momento, o moço apareceu no vão da porta, Isabel soltou um grito e correu para ele.

– Estás ferido? – perguntou com ansiedade.

– Não... – respondeu Álvaro, admirado.

– Ah... – exclamou Isabel, respirando.

Tinha-se enganado. O rasgão feito por uma flecha mostrava na verdade o forro vermelho do casaco, parecendo um ferimento.

Álvaro procurou desprender das suas as mãos de Isabel. Ele fugia da moça. Amava ainda, ou pensava amar, Cecília. Além do mais, seu senso de dever lhe segredava que devia casar-se com a menina, devido à promessa feita a seu pai. Dizia a si mesmo que não amava e nunca amaria Isabel. Mas, sentando-se junto a esta, sentiu sua coragem vacilar.

– Deixa-me olhar-te – disse Isabel, suplicando. – Talvez seja pela última vez!

– Por que essas ideias tão tristes?

– Ainda há pouco, vendo-te andar sobre a esplanada...

– Meu Deus! Tiveste a imprudência de abrir a janela?

– De que me vale a vida, Álvaro? A minha felicidade é acompanhar-te com os olhos...

Álvaro deteve-se a ponderar toda a importância destas palavras. Depois se decidiu a falar:

– Isabel, tu sabes que eu amo Cecília. Mas o que não sabes é que prometi a seu pai ser seu marido.

Os olhos de Isabel brilharam:

– Compreendes que, diante de semelhante notícia, só o que me resta é a morte?

Álvaro tomou nas suas as mãos da moça:

– Isabel, pelo teu amor, eu te suplico: repele de uma vez esses pensamentos!

– Aceita, então, esta vida que é tua!

O olhar ardente de Isabel fascinava; Álvaro não pôde mais conter-se. Ergueu a cabeça e reclinando-se no ouvido da moça murmurou:

– Aceito!

***

Enquanto isso se passava, em outro lugar da casa, próximo a sua senhora, Peri estava pensativo. Diante do avanço dos aimorés, a causa dos brancos de D. Antônio de Mariz parecia perdida.

Peri levantou-se e, com um último olhar para sua senhora, dispôs-se a sair.

Cecília, porém, ouvindo seus movimentos, chamou:

– Peri! Prometeste não deixar a tua senhora!

– Peri quer te salvar!

– Como?

– Tu saberás. Deixa agora Peri fazer aquilo que tem no pensamento.

– São tantos, Peri... quem te dará forças para lutar contra todos eles?

– Tu, senhora.Tu só.

Cecília sorriu, cheia de confiança:

– Vai, Peri, vai salvar-nos. Mas lembra-te que, se morreres, Cecília não aceitará a vida que lhe deres.

– O sol que se levantar amanhã será o último para todos os teus inimigos. Descansa.

Peri saiu da sala e entrou no quarto de Cecília.

O quarto estava escuro, mas mesmo com pouca luz Peri distinguiu o que procurava. Tomou suas armas uma a uma, beijou-as. Agarrou o seu grande arco de guerra, apertou-o ao peito e, curvando-se, quebrou-o em duas metades. Depois lhe disse:

– Arma de Peri, companheira e amiga, adeus! Teu senhor te abandona... Contigo ele venceria... Mas Peri, filho de Ararê, quer ser vencido...

Então, Peri quebrou um dos frutos de casca resistente que trazia preso à perna, como todos os selvagens. Sem separar as cascas, fechou o fruto em sua mão, levantou o braço como em desafio ou ameaça terrível.

E lançou-se para fora do aposento.

Combate

Eram seis horas da manhã.

O sol, elevando-se no horizonte, derramava cascatas de ouro sobre o verde brilhante das florestas.

O tempo estava soberbo.

No seu acampamento, os aimorés, agrupados em torno de alguns troncos já meio reduzidos a cinzas, faziam preparativos para desfechar um ataque decisivo.

Preparavam setas inflamáveis, com as quais pretendiam incendiar a casa de D. Antônio.

Entre todos distinguia-se um velho que parecia ser o chefe da tribo. Sua alta estatura, direita apesar da idade, elevava-o acima da cabeça dos seus companheiros.

Ao seu lado, uma bela moça, na flor da idade, queimava sobre uma pedra algumas folhas de tabaco, cuja fumaça se elevava em grossas espirais.

O velho aspirava esse aroma embriagador com evidente prazer, quando, de repente, a jovem índia levantou a cabeça, inquieta.

Tinha ouvido um leve rumor, diferente dos costumeiros. O cacique, saindo de sua imobilidade e lançando um olhar ao seu redor, pacificado depois de prestar atenção ao trabalho dos outros homens, tranquilizou-a.

Pouco tempo depois, no entanto, vários dos índios que trabalhavam interromperam sua tarefa e levantaram, no mesmo instante, a cabeça. Também eles tinham sentido alguma coisa de estranho.

O velho ergueu-se, então, e empunhando a sua pesada tangapema, espécie de porrete muito forte e robusto, fez a arma girar sobre a sua cabeça e, depois, fincou-a no chão.

Todos os demais se levantaram e, com suas armas em punho, esperaram. Não sabiam de onde viria o inimigo, mas sentiam que ele se aproximava.

De súbito o inimigo caiu no meio deles, como se tivesse caído das nuvens.

Era Peri, que se apresentava sozinho, em face de duzentos adversários. Mal tinha tocado o chão, encostou-se a uma lasca de pedra e preparou-se para o combate terrível.

Os selvagens atiraram-se, então, como movidos por uma única mola, como uma onda do oceano.

No meio do caos, via-se brilhar ao sol a lâmina da arma de Peri, que liquidava quantos inimigos se aproximassem dele.

Houve um momento de calma aterradora; os aimorés, imóveis, suspenderam o ataque. Os corpos dos mortos faziam uma barreira entre Peri e o inimigo.

O velho cacique avançou, então, contra ele; aproximando-se, levantou a sua clava e ia descarregá-la sobre Peri quando este, de um golpe, decepou-lhe o punho.

O velho selvagem soltou um bramido. Os demais aimorés preparavam-se para destruir o inimigo, loucos de fúria, quando Peri, de maneira inesperada, fincou a ponta da espada no chão e quebrou a sua lâmina.

Em seguida, como se fosse movido por uma força invencível, ajoelhou-se diante do inimigo.

Ia render-se.

O resgate

Peri, por sua própria vontade, tinha-se rendido ao inimigo aimoré. Agora, estava atado pelos punhos e amarrado a uma árvore pela corda multicor que os aimorés chamavam *muçurana*. Tinha os olhos fitos na esplanada da casa de D. Antônio, não muito longe dali, e acompanhava o movimento de pessoas que, daquela elevação, procuravam adivinhar o que se passava no acampamento dos adversários. Seguramente já se tinham dado conta da sua ausência. Ele sofria, avaliando o sofrimento de Cecília.

Ao seu redor, os aimorés preparavam a cerimônia pela qual iriam sacrificá-lo e, depois, devorar sua carne, conforme era de seu hábito em tempos de guerra.

Esses índios acreditavam que, ao comer a carne de um adversário valente e forte, estavam também incorporando sua força, coragem e virilidade.

Os cantos e as danças preparatórias já se desenrolavam e o sacrifício de Peri se aproximava.

Ao cacique caberia a honra de ser o algoz da vítima. Saindo de sua casa, escondida entre as folhagens, o cacique se aproximou de Peri:

– Sou teu matador!

– Peri não te teme!

– És goitacás?

– Sou teu inimigo!

O chefe desamarrou as mãos de Peri e lhe ofereceu uma arma:

– Defende-te!

– Tu não mereces...

Os olhos do velho fuzilaram de raiva; ergueu a pesada tangapema e ia descarregar o golpe que liquidaria o inimigo quando um tiro partiu de entre as árvores, derrubando-o.

Enquanto os selvagens permaneciam estáticos, Álvaro, com a espada na mão e a clavina de onde partira a bala ainda fumegante, cortou os últimos laços que prendiam Peri.

Imediatamente ouviu-se uma descarga de arcabuzes; dez homens destemidos, tendo à frente Aires Gomes, saltaram com armas em punho, atacando os aimorés.

***

O que acontecera na casa, durante a ausência de Peri, era fácil de compreender. Cecília, ao notar a falta de seu amigo e defensor, pediu aos homens da guarda que observassem o campo dos aimorés. Notaram, então, que alguém tinha sido feito prisioneiro e ia ser sacrificado.

Facilmente concluíram que o prisioneiro era Peri; quando Cecília implorou ao pai que intercedesse pelo guarani, já estavam todos os seus amigos prontos para partir em expedição, chefiados por Álvaro, que se tinha oferecido como voluntário para essa difícil tarefa.

Isabel, ao vê-lo pronto para descer ao campo dos aimorés, ainda conseguiu interceptá-lo:

– Álvaro... vais enfrentar o inimigo no seu campo?

– Assim é preciso, Isabel... deixa-me partir.

– Tenho uma graça a suplicar-te!

Álvaro estava comovido com o sofrimento da moça:

– Neste momento?

– Sim! Pode bem ser que não nos vejamos mais! Antes de partir, deixa-me uma lembrança tua! Mas uma lembrança que seja só minha, que fique dentro da minha alma!

Álvaro não podia mais guardar o que tinha no coração; aproximou o seu rosto do rosto de Isabel e murmurou ao seu ouvido:

– Eu te amo...

E partiu, seguido dos companheiros.

***

Agora, num momento de trégua, Álvaro arrastou Peri para um lado, falando-lhe energicamente:

– Vem, Peri. Vamos voltar para casa.

– Não! – respondeu o índio, friamente.

– Tua senhora te chama!

Peri baixou a cabeça, com uma profunda tristeza.

– Dize à senhora que Peri deve morrer.

– Assim, tu não te importas com o que Cecília sente? Então, escuta. Estes homens que estão aqui são os únicos que nos restam para defender a casa e a família de D. Antônio. Preferes fazer com que todos morram?

Peri se sentia dividido; seu semblante denotava dor e confusão:

– Vamos!

Partiram em direção à casa.

O sacrifício

Na casa, estavam todos paralisados pela angústia e ansiedade; tinham ouvido a carga dos arcabuzes, mas não podiam saber o resultado da arremetida.

Por isso, quando a porta principal deu passagem a Álvaro, Peri e os homens de armas, um grito de alegria os saudou.

D. Antônio de Mariz, no entanto, em sua posição de chefe da família e de condutor da defesa, estava irritado com a imprudência de Peri, que ele não podia compreender, e que havia posto em risco a vida de Álvaro e dos demais homens. Por isso, foi com o semblante carregado que ele interrogou Peri:

– Cometeste uma grave imprudência – disse ele ao índio. – Fizeste sofrer os teus amigos e expuseste a vida daqueles que te amam.

– Peri queria salvar a todos!

— Como? É preciso que te expliques, Peri, senão julgaremos que o amigo, outrora inteligente e dedicado, tornou-se um louco e um rebelde.

Sua palavra era dura e seu semblante, carregado. Peri compreendeu a extensão da cólera de D. Antônio. Foi com a maior gravidade, também, que ele perguntou:

— Tu obrigas Peri a dizer tudo?

— Sim! — exclamou D. Antônio, surpreso.

— Então ouve. Quando Ararê, o pai de Peri, sentiu que seu filho era já um homem, disse: "Peri, filho de Ararê. Tua carne é minha carne e teu sangue é meu sangue. Teu corpo não deve nunca servir de banquete ao inimigo".

— Que queres dizer com isso, Peri? — perguntou Álvaro, aterrorizado.

— Ararê deu suas contas de frutos a Peri; quando Peri fosse prisioneiro, bastava quebrar um fruto, e podia rir do vencedor, que não se animaria a tocar no seu corpo. Peri viu que a senhora sofria e olhou as suas contas; teve uma ideia. A herança de Ararê podia salvar a todos. O curare é o veneno.

— Acaba! — disse D. Antônio. — Como contavas destruir o inimigo?

— Peri envenenou a água que os brancos bebem e o seu corpo, que devia servir ao banquete dos aimorés!

Um grito de horror acolheu essas palavras, ditas pelo índio em um tom simples e natural.

Peri tragara o conteúdo de uma de suas contas, enquanto esperava o sacrifício, na festa dos aimorés. Assim, contava destruir todos os inimigos, e salvar a casa e a família de D. Antônio. Também envenenara as bebidas dos aventureiros rebeldes, para destruí-los e diminuir o perigo sofrido pelo pai de Cecília.

Estavam todos paralisados e mudos de espanto, ante a narrativa desse gesto heroico, de um homem que não temia a morte, desde que ela servisse a conservar a vida de sua senhora e daqueles que lhe eram caros.

D. Antônio foi o primeiro que recobrou a calma. Embora impressionado pela descrição do heroísmo de Peri, lembrou-se dos seus servidores, dos aventureiros que iam ser vítimas de envenenamento. Ainda que se tratasse de traidores, cheios de baixeza e vilania, a nobreza do fidalgo não podia tolerar semelhante homicídio.

– Vai, Aires Gomes – gritou D. Antônio ao seu escudeiro. – Corre e previne esses desgraçados, se ainda é tempo!

O amor

Cecília, ao ouvir a voz de seu pai, estremeceu como se acordasse de um sonho. Atravessou a sala e se aproximou de Peri:

– Peri – disse com desespero –, por que não fizeste o que a tua senhora te pediu?

– Peri queria salvar-te, e salvar a todos! Não viu outra maneira... Perdoa, senhora!

– Agora vamos te perder e perder-nos para sempre! De que serviu tudo? Oh, Peri, que farei sem o meu amigo?

No momento em que Cecília pronunciava estas últimas palavras, todos os olhares se fixaram em Peri: a fisionomia do índio estava modificada, transtornada pelo poder do veneno.

– O curare! – gritaram.

– Peri! – disse Cecília, aquecendo nas suas as mãos geladas do amigo.

– Peri vai te deixar, senhora...

– Não! Não quero! Não me deixes, Peri! Que posso fazer sem ti, sem meu defensor?

– Tu queres que Peri viva?

– Sim!

O índio fez um esforço supremo, levantando-se pouco a pouco sobre os braços entorpecidos. As pernas não lhe obedeciam e ele vacilava. Mas a sua vontade era maior do que tudo:

– Peri viverá!

Arrastando-se quase, chegou até a porta. Ali, agarrado ao umbral, respirou fundo e lançou-se para fora, reunindo todas as suas forças.

***

Enquanto D. Antônio e sua família olhavam ainda, espantados, para o lugar por onde Peri desaparecera, Álvaro apontou para a parede dos fundos da sala, frente a eles, e onde estava um oratório.

Reparando melhor, viram todos que o oratório oscilava, como se estivesse sendo empurrado por alguma força maior.

Em questão de instantes, a parede tombou, no meio de espessa nuvem de pó, e seis homens se precipitaram na sala.

Loredano era o primeiro; mas apenas se levantou, ele mesmo e os cinco que o acompanhavam recuaram, lívidos de medo: no meio do aposento, via-se um desses grandes vasos de barro vidrado, feito pelos índios e que continha uma enorme quantidade de pólvora. Desse vaso corria um trilho que ia se perder no fundo do paiol, onde se achavam enterradas as munições de guerra do fidalgo. Era o paiol que, se explodisse, destruiria a casa e todos os seus habitantes.

Duas armas, a de D. Antônio e a de Álvaro, esperavam um movimento dos aventureiros para lançarem a primeira faísca ao vulcão.

Loredano e os traidores estavam paralisados pelo medo, quando Aires e seus homens apareceram na porta. Loredano viu que estava irremediavelmente perdido. Tinha se decidido a vender caro a sua vida quando dois de seus homens caíram ao chão, em convulsões: tinham bebido da água envenenada.

D. Antônio, imponente, dirigiu-se aos traidores:

– Sua falta é das que não se perdoam. No entanto, estamos todos em nossa hora derradeira. Preparem-se todos para morrer como cristãos. Só o seu chefe será punido com a máxima pena.

O frade herético foi arrastado para fora.

A situação se complicava a cada momento; agora, eram os víveres que estavam faltando. Sem poder contar com Peri, de cujo destino ninguém sabia, D. Antônio designou Álvaro, com mais cinco homens, para saírem e tentarem alguma caça que os mantivesse vivos.

A expedição partiu; os aimorés estavam quietos, depois da batalha precedente que haviam tido com Peri e os aventureiros. A família dormiu em paz. Só Isabel, preocupada com a sorte de Álvaro, velava.

***

Peri, ao sair custosamente da casa de D. Antônio, tencionava procurar, na mata, o raro contraveneno, neutralizador do curare, que sua mãe, às vésperas de uma batalha, lhe havia indicado, como um segredo de tribo. Mas o tempo passava. A noite chegou e ele já desesperava quando, por sorte, encontrou a humilde erva que trazia a salvação.

Depois de tragar algumas folhas, deitou-se ao pé de uma árvore, bem oculto pelas ramagens, e adormeceu profundamente. A natureza ia fazer a sua parte, devolvendo-lhe todas as suas forças.

Quando o dia surgiu, era outro homem que se levantava para, de novo, enfrentar a vida; Peri renascera.

Pôs-se a caminhar em direção à casa, para dar a boa nova à sua senhora, quando uma cena impressionante o fez parar: Álvaro, com alguns poucos homens, enfrentava mais de cem aimorés, que se lançavam contra o grupo com furor.

Foi inútil que ele se juntasse aos brancos seus amigos; estavam sendo todos vencidos e, de pronto, foi Álvaro que caiu, vitimado por uma arma aimoré.

Vendo que o amigo estava inanimado, Peri tomou-o ao ombro e tratou de escapar à perseguição dos aimorés, a fim de ver se podia ainda salvar o companheiro.

Assim chegou à casa.

Justiça

Nas dependências dos homens de armas, estavam todos decididos a fazer justiça com Loredano, responsável por boa parte do terror em que estavam metidos. A pena dos traidores e dos hereges era a morte por fogueira e, conquanto terrível e cruel, era a que iam aplicar ao ex-frade.

Assim, arrastaram-no para a fogueira, onde a lenha já tinha sido preparada. Do cinto de Loredano, um dos homens que ele convencera a segui-lo tirou o pergaminho onde se delineava o mapa que o frade havia conservado com tanto zelo, desde o distante dia em que matara para poder manter o segredo das minas de prata de Robério Dias. As sombras de Aines, o dono primitivo que, também ele, agira com vilania, do índio que Loredano matara e de todos os mortos, sacrificados até então, pairavam sobre ele.

O frade herege estava possesso, pelo castigo que ia sofrer e, também, por ter perdido a esperança de apossar-se de Cecília e do tesouro.

Ele era horrível de se ver, nesse momento. Seu aspecto tinha uma expressão brutal e feroz, bem digna do seu espírito.

– O bom-bocado não é para quem o faz, herege! – disse o homem que se tinha apossado do mapa das minas.

– Vai para o inferno! – gritou Loredano, antes que o amarrassem.

***

A esse mesmo tempo, Peri chegava até a casa e entrava na sala.

– Peri! – gritou Cecília, ardente de felicidade.

Todos correram para saudar o índio, mas recuaram imediatamente, ao ver que ele trazia o corpo inanimado de Álvaro.

Peri, com extremo cuidado, atravessou a sala e depositou o seu fardo precioso no sofá. Ao ver o corpo de seu amado, Isabel caiu, desmaiada.

Peri contou então o que se tinha passado. De como encontrara a planta que neutralizava os efeitos do curare. De todo o sofrimento que o veneno lhe causara e da salvação posterior. Mas, finalmente, da dor de ter assistido à luta entre os aimorés e a gente de Álvaro. E do sacrifício final do cavaleiro.

Todos se aproximaram do lugar onde jazia o corpo inanimado do rapaz, para despedir-se dele. Sabiam que era por pouco tempo, que logo estariam todos juntos, longe dos sofrimentos e dores da vida terrena.

***

Peri, depois de ter deixado o corpo de seu amigo ao cuidado dos familiares, tinha se aproximado da janela; seu olhar parecia estudar as curvas dos galhos retorcidos de uma árvore gigantesca. Algum plano rondava a sua imaginação e ele não queria distrair-se com outros pensamentos.

Preveniu Cecília de que sairia para arranjar novas armas; de fato, pretendia tomar algumas providências que só ele conhecia, e que a ninguém poderia comunicar. D. Antônio recomendou-lhe prudência, mas sabia que a vida de todos estava por um fio. Cecília apenas o olhou uma vez mais, com doçura:

– Não me faltes, meu amigo...

– Peri volta dentro de uma hora...

– Estarás perto do campo do inimigo?

– Não. Peri vai por outro lado.

– Volta!

Peri curvou a cabeça e saiu.

Isabel e Álvaro

A noite transcorria sem alteração.

Os antigos amigos de Loredano estavam neutralizados. O próprio aventureiro estava amarrado ao mastro da fogueira, que os homens, não obstante, hesitavam em acender.

De D. Diogo e do socorro ainda não se tinha notícia; poucos dias haviam passado desde a sua partida, e ainda não era tempo de esperar novidades.

Dentro da casa, Cecília e D. Lauriana cuidavam de Isabel;

ela foi recolhida ao seu quarto. Cecília, com infinita delicadeza, tinha pedido em segredo a Peri que levasse o corpo de Álvaro para a alcova da moça. Ali, tinham encontrado Isabel, que havia tornado a si, e que abria uma redoma de vidro, onde guardara os cabelos de sua mãe. Havia ali encerrado um pó mortal, que a moça reservava para si, como último remédio. A um olhar de Cecília, entretanto, Isabel desistiu daquela morte, que considerava, ademais, demasiado rápida. Respeitando a sua dor, Peri e Cecília tinham-se afastado do quarto.

Isabel, então, pôde deter-se na contemplação daquele rosto amado, que a morte lhe roubara. Não lhe roubara, entretanto, o amor, que era eterno.

Dirigindo-se a sua cômoda de quarto, apanhou uma cesta de palha matizada; ali ela guardava todas as resinas aromáticas, todos os perfumes que dão as árvores da nossa terra: o da aroeira, do benjoim, da embaíba. Colocando-os em uma grande concha marítima, ateou-lhes fogo; imediatamente, flocos de fumaça branca começaram a subir no ar.

Sentada à beira do leito, com as mãos do seu amado nas suas, contava-lhe os segredos da sua paixão e conversava com ele, como se o moço estivesse vivo:

– Por que não me falas? Não conheces tua Isabel? Dize uma vez mais que me amas!

Os flocos de fumo branco, espesso e perfumado começavam a encher o ambiente do quarto, e davam a tudo um clima de irrealidade.

– Lembra que tu disseste que me amavas... Lembra que eu prometi ser tua...

Isabel sentia-se, cada vez mais, inebriada por aquele perfume; sua respiração ia-se tornando mais e mais difícil. Sufocava.

Aproximando-se ainda mais do amado, ela colou seus lábios aos de Álvaro; queria morrer, ofegava em meio às nuvens de fumo que se evolavam no ar.

De repente, pareceu a Isabel que os lábios de Álvaro se abriam, que um fraco suspiro exalava do seu peito. Ouviu como que num sopro:

– Isabel...

Pensou que fosse um sonho, mas sentiu as mãos de Álvaro que apertavam fortemente as suas, seus olhos que se abriam. Tentou levantar-se para abrir as janelas e salvar o seu amado da morte por sufocação. Mas os dedos de Álvaro aferraram-se aos seus.

Abraçando-o mais fortemente, Isabel sentiu que respirava o hálito ainda vivo do seu amado. Suas bocas uniram-se num último beijo.

***

Duas horas mais tarde a porta da alcova, impelida por um choque violento, abriu-se; um turbilhão de fumo saiu pela abertura e quase sufocou as duas pessoas que ali estavam: Cecília e Peri.

Peri voltara de sua expedição quando Cecília se inquietava já pela sorte dele, mas também pela ausência de Isabel. Ela pedira ao índio que a ajudasse a entrar na alcova. Fora preciso usar a força.

Quando puderam entrar, por fim, deram com a cena dos namorados, mortos.

A menina recuou e, respeitando esse mistério de um amor profundo, fez um gesto a Peri, retirando-se.

O índio fechou a porta e acompanhou a sua senhora.

Então, olhando-a nos olhos, Peri lhe disse:

– Ela morreu feliz!

Cecília fitou nele os seus grandes olhos azuis e corou.

O futuro

Os aimorés tinham voltado, depois da última trégua; esperavam que anoitecesse para invadir a casa. Estavam certos de que o inimigo, extenuado, não ofereceria resistência. Tinham tratado de destruir os meios que pudessem favorecer a fuga dos brancos.

Isso era fácil; além da escada de pedra, o rochedo formava um despenhadeiro por todos os lados. E só a árvore que lançava os galhos sobre a cabana de Peri oferecia uma saída.

A árvore foi abatida e assim foi cortada a única passagem.

Peri, ao ouvir os golpes sobre o tronco da árvore, inquietou-se, e esteve a pique de sair para castigar os atrevidos; mas depois acalmou-se, porque tinha um plano.

Para realizá-lo, cortara duas palmeiras, que foram trazidas para o antigo quarto de Ceci; de uma delas, Peri tinha extraído a fibra para fazer uma longa corda, à qual dava enorme importância na realização de seus planos.

Cecília, sentada aos pés de seu pai, recusava uma taça que este lhe oferecia:

– Bebe, minha filha. Vai te fazer bem.

– Para que, meu pai? Temos talvez uma hora mais de vida. Não vale a pena!

– Não... eu tenho uma esperança, filha, e esta não me iludirá. Toma...

Cecília pegou a taça das mãos de seu pai e bebeu o conteúdo.

***

A tarde avançava rapidamente; já estava quase escuro quando as primeiras setas inflamadas, verdadeiras listas de fogo, atravessaram o ar e começaram a cair sobre a casa.

Os homens fiéis a D. Antônio aproximaram-se dele. O fidalgo então anunciou:

– É chegado o momento, meus amigos. Temos uma hora de vida. Preparem-se para morrer como cristãos e como portugueses. Abri as portas para que se possa ver o céu.

Os homens cumpriam as ordens e encomendavam seus espíritos a Deus, quando Peri se aproximou de D. Antônio:

– Escuta! – disse ele. – Podemos salvar a senhora. Tudo está preparado. Parte e desce o rio, com a canoa que está na margem. Chegarás à tribo de Peri. Ali, a mãe de Peri te dará cem guerreiros que te acompanharão à grande taba dos brancos.

D. Antônio, comovido, apertou a mão do seu amigo:

– Não, Peri. D. Antônio de Mariz não pode abandonar a sua família, sua esposa, sua casa, os homens que confiaram nele.

– Nem para salvar a senhora?

– Não posso. O meu dever manda que fique. Ademais, para isso seria preciso ser moço e forte e eu já não tenho mais forças. Ah, se estivessem aqui meu filho, ou Álvaro... Ou...

E D. Antônio olhou para Peri:

– Ou o que, senhor?

– Se tu fosses cristão, Peri!

– Por que dizes isso?

– Se tu fosses cristão, eu te confiaria a minha Cecília; estou convencido de que a levarias ao Rio de Janeiro, à casa de minha irmã.

O rosto de Peri iluminou-se:

– Peri quer ser cristão!

D. Antônio lançou sobre o amigo um olhar úmido de reconhecimento:

– A nossa religião permite que, na hora extrema, todo homem possa dar o batismo. Ajoelha, Peri!

O índio caiu aos pés do cavalheiro.

– Sê cristão. Dou-te o meu nome.

Peri beijou a cruz da espada do fidalgo.

– Sei que levarás minha filha à salvação, que a respeitarás e defenderás. Mas promete-me que, se não puderes fazer isso, nenhum inimigo a tocará.

Peri te jura que levará a senhora à tua irmã. E, se não puder fazer isso, nenhum inimigo tocará tua filha.

Dito isso, Peri levantou-se, espreitando o céu; de repente, um grande clamor soou em torno da casa. As chamas lamberam as frestas de portas e janelas e os alicerces tremeram.

Peri debruçou-se e tomou o corpo de Cecília, adormecida, em seus braços. Caminhou para o quarto que fora de sua senhora e subiu à janela.

Ali, ele tinha colocado uma das palmeiras que cortara; com extremo cuidado, passou sobre essa ponte frágil, sempre carregando Ceci, adormecida.

Chegou à terra, desviando-se do campo de luta e, em seguida, à margem do Paquequer, reencontrou a canoa, escondida entre folhas, que tinha preparado para qualquer emergência. Ali também estavam objetos de uso pessoal que ele arranjara para o conforto de Cecília.

Deitou a menina nesse leito macio e, tomando o remo, fez a canoa saltar como um peixe sobre as águas.

Por entre as folhas, Peri podia ver a casa, iluminada pelas chamas do incêndio que começava a lavrar com intensidade.

De repente uma cena fantástica passou diante de seus olhos: a fachada do edifício caiu e ele pôde ver a sala, iluminada pelas chamas. No centro, D. Antônio, de pé no meio do aposento, elevava com a mão esquerda um crucifixo e, com a direita, preparava-se para atirar no rastilho que levava ao paiol.

Um segundo depois foi a explosão terrível, um estampido que reboou por toda aquela solidão.

Um soluço partiu do peito de Peri, talvez a única testemunha dessa catástrofe.

Curvando-se sobre o remo, o índio fez a canoa deslizar pela superfície lisa do Paquequer.

A salvação

Quando amanheceu, longe do cenário da grande catástrofe, a canoa de Peri cruzava as águas do Paquequer com rapidez; ele sabia que a vingança de D. Antônio tinha dizimado os aimorés, mas queria chegar, o quanto antes, à sua tribo, que o ajudaria a salvar Cecília.

A moça dormia ainda, sob os efeitos da bebida que o pai lhe dera, para que ela não sentisse nem mesmo a sombra da dor que se abatera sobre a casa.

O sol subia e começava a queimar; Peri deteve a canoa e procurou, na margem, um lugar fresco e sombreado onde pudessem descansar. O rio era cercado de uma vegetação verde e abundante e não foi difícil encontrar um remanso. Amarrou o pequeno barco, de maneira segura e protegida.

Ali esperou, ansioso, que Cecília despertasse; quando, finalmente, ela voltou a si, Peri preparou-se para contar-lhe toda a verdade. Foi bastante delicado e cuidadoso, mas as notícias eram, todas, infelizes e sem remédio. Cecília não podia senão desesperar-se:

– Mortos! Minha mãe, meu pai... todos mortos! – e Cecília desfez-se em lágrimas às notícias que lhe dava o seu amigo.

Depois pediu-lhe que lhe contasse tudo, em detalhes, inclusive o momento em que D. Antônio fizera de Peri um homem cristão e lhe confiara a salvação de sua filha.

– Agora, Peri vai te levar à grande taba dos brancos, para a casa da irmã de teu pai.

Cecília baixou os olhos; ela não sabia, de fato, se queria para si esse destino.

***

Peri também precisava de algum descanso; por isso, apoiou a cabeça na borda da canoa e, certo de que Cecília estava descansando, adormeceu.

Cecília, fingindo dormir, mas desperta, contemplava a cabeça do seu amigo, essa beleza inculta, a correção de linhas do seu perfil, a força e a coragem que emanavam dele.

Peri a salvara outra vez de um perigo, agora quase intransponível; além de um amigo, era para ela como um herói.

No meio dos homens civilizados poderia parecer um índio ignorante, nascido de uma raça bárbara; mas ali, no meio da mata, era o rei, o senhor das florestas, recobrava a sua liberdade e a sua dignidade.

Olhando-o, cheia de carinho, Cecília lembrou-se, então, de sua família, de como estava só no mundo, e, sem querer, pôs-se a chorar em silêncio. Uma lágrima, inadvertida, sem que ela se desse conta, caiu sobre o rosto adormecido de Peri.

Ele despertou confuso, envergonhado de ter adormecido.

– Dorme, Peri... Ceci vela.

– Não! Peri deve velar por sua senhora.

– Por que não posso eu cuidar de ti também, Peri?

– Senhora, tu és como a rolinha... quando atravessa o campo e se sente fatigada, ela descansa sobre a asa do seu companheiro, que é mais forte.

Cecília sorriu, diante da comparação ingênua do seu amigo.

– E tu? – perguntou ela.

– Peri é teu escravo...

– A rolinha não tem escravo.

Os olhos de Peri brilharam, emocionados:

– Teu...

Cecília tapou-lhe os lábios com a mão:

– Tu és meu irmão!

Peri levantou os olhos, como para compartilhar com o céu a sua felicidade.

***

Estavam ambos famintos; Peri, então, saiu à procura de alimento. Voltou pouco depois, trazendo frutas que encontrou pelas cercanias e mel para adoçá-las. Depois, explicou a Ceci seus planos:

– Amanhã chegaremos à tribo dos irmãos de Peri; ali encontraremos igaras grandes, para deixar-te na taba dos brancos.

– Deixar? Quer dizer que tu não vais ficar comigo?

– Peri é um selvagem – disse o índio tristemente. – Não pode viver na taba dos brancos.

Cecília baixou os olhos com tristeza; mas uma ideia tomou-a de pronto e ela pediu:

– Peri... quero que apanhes muito algodão para mim e me tragas uma pele bonita.

– Para quê? – perguntou o índio, admirado.

– Do algodão, farei um vestido. Com a pele tu cobrirás os meus pés.

O rosto de Peri exprimia admiração.

Cecília havia decidido. Sabia que Diogo, seu irmão, estava longe e viveria a sua vida. Tinha que escolher. A cidade dos brancos, para ela, era uma lembrança remota. Tinha vivido a maior parte da sua vida junto à natureza brasileira, entre as árvores e as flores.

Peri duvidou do que intuía:

– Cecília fica na floresta?

– Para sempre. Eu também sou filha desta terra, também me criei no seio da natureza.

Peri ficou estático diante daquela promessa de felicidade; no entanto, estava sempre disposto a cumprir as promessas feitas a D. Antônio e que, para ele, eram sagradas.

Tomaram de novo os caminhos do rio; Peri, feliz, mas temeroso, empunhava o remo, enquanto Cecília, encantada com a sua resolução, roçava com os dedos as águas límpidas.

O índio, no entanto, estava inquieto; sobre a linha azulada da serra ele via grossas nuvens que se amontoavam. Peri conhecia a força das tempestades da região e sabia que elas eram perigosas.

E assim foi. Cecília havia adormecido novamente; mas Peri curvou-se sobre a borda da canoa e aplicou o ouvido à superfície das águas. Dali vinha um som estrepitoso, que prenunciava inundação.

O índio dirigiu a canoa à margem e preparou-se para enfrentar o novo perigo.

Ele queria correr para a floresta, levando nos seus braços Ceci adormecida, mas as águas vinham com grande velocidade pelo caminho do rio e em breve os alcançariam.

Era tarde para a fuga.

***

Cecília despertou; amanhecia. As águas tinham coberto as margens do rio, e tudo era água e céu.

– Vamos morrer, Peri!

– Não... Peri não deixará que sua senhora morra. Ouve: um dia, bem longe dos tempos de agora, as águas caíram e cobriram toda a terra. O Senhor, então, falou a um homem valente, da nossa raça: era Tamandaré. Disse-lhe: "pega tua mulher e sobe no olho da palmeira". E assim fez Tamandaré. A enchente durou três dias e depois as águas baixaram. Só Tamandaré e sua mulher sobreviveram. Quando tudo acabou, Tamandaré desceu, com sua companheira, e povoou a terra.

Peri tinha falado com o entusiasmo das almas ricas de poesia e sentimento.

Então, dirigiu-se à palmeira que achou mais própria e, com seus músculos de homem da terra, depois de muito esforço, conseguiu arrancá-la de suas raízes.

Em seguida, com Cecília, subiu para a cúpula da palmeira e disse, com segurança:

– Tu viverás!

Cecília abriu os olhos e fitou o seu amigo; depois reclinou a loura cabeça sobre o seu ombro.

A palmeira, arrastada pela torrente impetuosa, fugia...

E sumiu-se no horizonte.

QUEM É RENATA PALLOTTINI?

Renata Pallottini nasceu em São Paulo, onde estudou e vive. Seus primeiros livros foram de poesia; essa paixão permaneceu, e ela publicou nessa área Obra poética, com o qual ganhou o Prêmio Jabuti de 1996. Escreve também para teatro; graças a várias peças encenadas e publicadas, já ganhou o Prêmio Molière, o Governador do Estado e o Anchieta. Além disso, faz traduções e adaptações para teatro, escreve livros infantis e de ensaios, como *Cacilda Becker, o teatro e suas chamas*. Para a Série Reencontro adaptou: *Romeu e Julieta, Amor de Perdição, Iracema e Senhora*.